집현전 세탁소

오승근 시집

몇 해 전, 따뜻한 봄날 이었습니다.
가지마다 파릇파릇 돋아나는 어린 새싹과 마른 잎새가
함께 매달려 있는 것을 감상하다가 문득 어린 새싹은 신입생으로,
마른 잎은 청강생이라는 생각이 들었습니다.
청강생의 신분으로 봄날의 풍경과 느낌을 서술하면서
모든 사물 속에는 자음과 모음이 존재한다는 것을
깨닫게 된 것입니다.
우듬지부터 차례대로 피어나는 새순이나 꽃잎의 질서가
자연의 섭리이자 시의 문법이라 생각했기 때문입니다.
그때부터 꽃잎이나 열매, 혹은 푸른 새순을 자음으로 읽고
빈 나뭇가지들을 모음으로 해석하기 시작했습니다.
반복된 학습을 통해 삼라만상의 현상이나
인간의 구성원들까지도
품사나 문장부호로 기호화하는 시적 발상을 얻게 되었답니다.
나아가 '집현전 세탁소'의 경우처럼 '세탁소'라는 시적 대상을
다른 화자, 즉 집현전 학자의 관점으로 내레이션하는
'서술은유'란 기법을 창안하여 새로운 시적 방향을
모색한 결과이기도 합니다.

2013년 봄날 서오릉에서
오승근

차 례

● 시인의 말

제1부

제2부

제3부

제4부

제1부

비의 문법

무명초의 색다른 자료들을 서술할 때
비가 휘갈기듯 대지 위에 판서하고 있어요
계절의 빈 노트에 문맥이 구성되고
목판활자의 차례를 교정하듯
파본된 대지를 촉촉하게 적시는 빗소리
넋을 위로하고자 몸부림치는 역동성과
초록록 화응하는 반사적인 소리도 감지되고 있구요
가지마다 방울방울 꽃으로 피어나
옥류수로 발표되고 있는 야외 강당
나른한 강의실 청강생의 잠꼬대처럼
계절 학기에 몸살을 앓고 있는 생명체들
문장의 부록에 귀속되는 멋스러움으로
질량에 맞는 문법들을 받아쓰고 있네요
맞춤법이 어긋나도 문맥은 통하여
혼란한 바람의 문법과는 달리
세세히 언어의 꽃을 피워내며
투명한 이론을 검증하고 있는 비의 문법
자유분방했던 계절의 한때를 분노하며
다량의 공세적 질문을 퍼붓고 있는 빗소리
선열들의 서슬픈 목소리로 되돌아와

선잠에 빠져 있는 관리들을 깨우고 있어요

오역된 자유무역협정의 문구를 수정하여

선언서 낭독하듯 소리치는 비의 곡조

무명초처럼 저 홀로 피었다 시든

역사의 붉은 꽃잎들 자자손손 뿌리내린 곳에서

함구한 채 묻혀 버린 언어를 발굴하네요

야위어 간 일대기를 들려주고 있는 비의 절규에 따라

계절학기의 빈 노트를 펼쳐 놓고

뒤늦게 수강신청을 서두르는 비목

바람은 언어의 꽃이라도 새록새록 피워줄까요

집현전 세탁소

그간에는 궁중의 문서 관리하던 홍문관
그 옥당에 관가처럼 집현전 세탁소가
새로운 조명과 함께 간판을 내걸었군요
누추해진 가훈의 세탁 방식을 묻는 전화가
집현전 세탁소에 쇄도할 때마다
세탁소 주인은 학자의 품격으로 돌아가
집필을 알리고 외규장각 의궤에 기록하지요
비바람보다는 세상살이가 궂은 날에
눅눅한 감정으로 쌓이는 자음과 모음
비에 젖은 언어는 세탁에서 건조까지
비단결 문장으로 재구성할 수 있지만
부부나 고부간의 갈등으로 젖었을 때는
초습 수위가 높아 탈수도 여러 번 해야 하지요
격렬하게 오갔던 언어가 속주머니까지
귀양살이하듯 각방을 차지하고 있어
궤설을 수동으로 탁본 재구성해야 한답니다
탈쇄가 허술했을 경우 쉽게 구겨지고
갈등의 언어들을 완벽하게 탈고할 수 없어
반정 모의에 휩싸일 뿐더러 누명으로
아이들도 사육신처럼 낙인될 수 있다는군요

불가피하게 가정 분쟁이 있던 날에
고개 숙인 신하들 전통문 없이 찾아와
굽어 살피면서 집현전이 평화로워야
가정학 연구에 전념할 수 있다고 아뢰지요
오늘도 관가의 집현전 세탁소를 방문하여
어명 같은 언어 세탁을 통촉하는 충신들
궁가를 배회하던 어진 가장들의 행차가
문전성시하여 가문의 앞날이 밝기만 하네요

새로운 문법을 터득하다

꽃이 피는 건 활착의 작문법을 완성했기 때문이다
모음도표에서 자음의 획을 싹 틔우면서
문장의 뿌리가 완성되었다고 선포하는 것이다
문법을 터득한 산새들 새로운 문장으로 지저귀고
벌, 나비는 활착의 곡선을 문장에 접목한다
꽃받침과 꽃의 문양을 연구하는 동안
비, 바람은 서술의 원칙과 무관하게 불어왔다
때론 모음마저 서열 없는 획을 긋기도 했다
그래도 화서의 일지는 허위로 작성된 적 없었다
능동적으로 접목의 기초를 서술했기 때문이다
마음대로 획을 뻗는 건 작위적 체험일 수 있지만
닿소리, 홀소리 순서에 의해 획을 뻗지 않았던가
화서의 차례에 따라 일지를 작성하면서
봉인된 꽃망울을 터뜨리며 초록 문자를 새겨갔단다

꽃이 지는 건 작문 일지를 수정해야 하기 때문이다
제가끔 계절의 원고지에 저마다 특유의 필체로
원서를 번역, 꽃을 피웠지만
햇살과 바람이 해석한 원본의 차이로
저마다 상징적 기표인 꽃말 수정이 필요했단다

선택한 언어에 대한 해석의 차이라며

눈부신 햇살은 오타의 획을 그림자로 지우고

바람은 연신 새로운 원고지를 제공했으리라

문장 구성이야 서투를 수 있다곤 해도

원서 번역은 천지간의 소통이므로 수정이 요구되었다

문장 구성을 위한 열띤 토론이 이 가을,

부르르 전신의 잎을 떨구는 건

참신한 개정판 작문법이 필요했기 때문일 것이다

햇살과 바람에 의해 진행되고 나면

민중을 위한 상징사전이 새롭게 탄생할 것이다

기호의 유물

난데없는 봄비에 물감 엎질러진 산하에서
활짝 갠 '진달래' 한 아름 암송하여
순정으로 바치려다 꽃잎 떨구고 말았다지요
가장 향기로운 암술의 기억으로
사랑은 부호 안에 공식으로 갇히고
결국, 수술에 대한 해답이 없었다지요
꺾어진 진달래술을 취광으로 다가갔지만
그녀는 노을을 명시로 물들이며
공식을 풀어 부호를 탈출하라 했다네요
세레나를 위한 악보를 편곡했지만
관객 없어 세월의 건반을 두드리지 못했다지요
소괄호에 갇혔을 때는 모음의 'ㅐ'를
사다리로 세워 중괄호로 탈출했다구요
중괄호에 갇혔을 때는 활짱묶음으로
시위를 당겨 자음의 'ㅇ'을 냈지만
사랑이란 주어에 접근도 못하고
그만 동사로 빠져나오고 말았다지요
결국 무심코 풀다 오답이 된 그녀
자습서처럼 소괄호와 중괄호를 다시 묶었다지요
그러자 공식의 해답이 술술 풀려나가

( )의 모음 'ㅐ'를 밟고 올라가 ( )를 펼치자
사랑의 해답 ⌣ ⌣ 양 날개를 얻었다지요
문제 풀이하며 시공을 훨훨 날아가자
그녀는 진달래 숲속에서 둥지를 틀고
수줍음 가득 ( )와 ( )를 부화시키고 있었어요
향기롭게 증발된 추억 한 송이를 유물로
다시 대괄호의 동굴 속에 갇히고 말았다지요
문명의 동굴은 어둡지 않았는데도
진달래 등불이 활활 타오르고 있었다지요
벽화의 정답을 발굴하지 않아도
황혼의 사랑으로 진화를 거듭할 거예요

은행잎의 착지법

유회의 곡선으로 리듬을 채색하며
수채화에 휘호하는 노란 은행잎을 보라
저리 곡예적으로 발을 딛기까지
화려한 풍경이 없었겠느냐만
화풍난양했던 만큼 착지 기술도 일품이다
우듬지를 휘어잡고 추억을 채집하는
뭇사람들에게 고목의 기술을 전수하고 있다
한 가족 원추화서로 매달려 있다
운명의 기류를 타고 낙목한천 되었을 때
가풍의 세대가 새롭게 엇갈린다는 것
장엄한 산맥에 기대본 거목들은 알고 있다
생목의 가지에서 모정을 동화하며
샛노란 세상사로 청순하겠노라고
생의 우듬지를 향해 방류한 시간들
계류를 지나 강 하류로 굽이치는 동안
지평선은 강울음에 사납게 출렁거렸단다
곧 조수간만의 습성을 실감하리라며
거센 기류에도 가볍게 착지하는
은행잎의 숙련된 기술을 전수받아 왔단다
낙화휘필의 풍치림 같은 문장으로

당신의 원줄기에 피어 있던 순간들을
지금 천태산 기슭에서 낙송하고 있는 것이다
낭송을 끝으로 모정의 그리움은
노란 손수건을 흔들며 이별할까 합니다
세상에 가볍게 일신을 부려 놓으며
하냥 노랗게 타들어 가는 저 물살처럼

초록 물고기의 부화 이야기

혹여 검은 물고기를 보신 적 있나요?
연못에 특종의 물고기가 살고 있어요
초록 물고기와 단풍 물고기 그리고
그 어미나무의 다복했던 그림자
검은 물고기가 수위를 산란하고 있군요
초록과 단풍, 검정의 삼원색은
화려한 무지개의 색조에 취해 있지요
그들은 탈색되어 가는 비늘을 반짝이며
동족이라는 것을 인식하곤 합니다
계절에 수정되어 조락한 이파리들
지느러미를 살랑이며 품속을 파고드네요
초록 물고기의 수정에서 부화까지
솔바람은 아늑한 산란 장소를 제공하고
푸른 수풀 바다에 적응하기 위한
뿌리 지느러미의 유영을 학습하지요
연못이 강물에 시원의 온도로 흘러가듯
치어인 초록 물고기 떼의 유영은
단풍 물고기로 변색되는 과정에서
검은 물고기를 어미로 기억할 것입니다
종종 귀빈으로 초대되는 청개구리

폭우로 쏟아지면 수심이 깊어지고

청개구리가 부르는 현가를 득도하며

고기들도 모정의 산란을 깨쳐갈 것입니다

마침내 수정을 끝낸 단풍 물고기들이

연못의 수면에 제 나이테를 안착하며

어미의 비늘 나이테를 헤아려갈 때

초록 물고기의 부화 이야기를 전해 듣겠지요

수면의 나이테가 낡은 측음기인 양

어미 청개구리의 울음소리를 파상문하자

낙엽들, 노란 아가미를 물낯에 묻는군요

자연도감을 펼쳐들다

불그레 화폭의 궤적을 휘날리며
자연도감의 페이지가 떨어지고 있다
꿈을 복습하던 페이지에서
잎은 홀소리의 휴지부로 떨어지고
가지는 닿소리 획으로 긋고 있다
추정이 삼라만상을 사언고시 하자
공자나 맹자쯤 되는 고목나무 아래
그가 서당 귀로 추거를 득문하고 있다
햇살을 찍은 그림자가 획으로 뻗을 때
점자로 나뒹굴던 모음을 어구로 엮어
훈민정음을 해례하는가
표의문자로 나뒹구는 낙엽들
그가 맞춤법 교열에 골몰하고 있다
곧, 추경의 후기로 정리될 것이다
숲에는 수풀 임 자만 우거진 것이 아니다
한 一 자나 칼 刀 자가 웃자라 있다
칼날에 해체되는 문장부호들
자음이 떨어져나간 자리 목이 메인다
어눌한 훈민가를 고수하던 고목이
논어의 한 대목처럼 휘청거릴 때마다

자음처럼 살아온 그대가 떠나간다

모음으로 남은 그가 하늘하늘

애곡한 마음 휘어잡고 소리쳐 보지만

장애성 발성음으로 소실되는 음세

음성학적으로, 모음은 사모곡의 음률이고

자음은 거친 발성을 가진 부계의 표상 같은 것

무성했던 자음이 해체된 가지마다

바람도 휘음처럼 모음을 흔들어 댈 뿐이다

거풍

한참 책가위 중인 도심 속 지하도 입구에서
어슴푸레한 내용 훤히 드러내 놓고 있다
표지를 잃었거나 구겨지고 찢겨져 버린
육필의 일부인 페이지를 넘기며 거풍하고 있다
한때 초본을 탈고하며 인쇄를 기다리던
짜릿한 순간을 기억하며
구간들의 내용물 샅샅이 훑어보는
신간들의 눈빛을 교정하고 있는 중이다
원문이 훼손되지 않은 육필 원고 한 권
고행 끝에 수련의 깨달음을 완독한 자세로
신간들을 보며 중얼거리기 시작한다
요즈음 새 책들, 너무 읽을거리가 없어
반지르르하게 인쇄된 표지는 그럴듯한데
특별한 내용이나 새로운 장르가 없단 말야
어쩌다 신간 코너에 소개할 몇 권 오고 갈 뿐이야
폭풍전야, 페이지를 찢어발기며
목차를 사수하던 헌책들의 헌신을 몰라
촛불 밝혀놓은 투쟁의 역사 앞에
훨훨 타오르던 모습 지금도 생생해
요약해 보면 대가없이 희생만 당했어

갈피마다 당당하게 밑줄 그어져 있단다
너무 빳빳한 페이지로 세상을 읽어 보지 말라구
너덜너덜 거풍을 끝내고 노숙에 든다

그는 꿈속에서나 완판본 가족을 펼쳐 들 것이다

물의 문맥

물의 언어는 기본어휘가 졸졸졸이지요
유속에 따라 합성어로 뒤바뀌고
어쩌다 맞춤법을 벗어날 땐 범람하구요
그로 인해 어휘가 상실된 문맥에서
옛 시절 반복 학습을 하며 즐겨 읽었던
맑은 옹달샘 언어를 마시며 감상하고 있어요
문맥이 낡아 수심 낮아진 도랑을 치며
송사리, 버들치, 가재, 미꾸라지, 붕어
함께 유영했던 이들의 이름을 불러봅니다
지느러미 살랑이듯 애잔했을까요
그들과 함께 옹달샘 언어를 탐구했던
물푸레나무가 겹잎 엽서 한 장 건네주네요
물고기자리를 문득 그들의 이름을 적어
이끼 긴 어순과 함께 발송해봅니다
너른 강어귀를 향해 굽이치는 동안
출석부나 지워지지 않았으면 좋겠어요
유속에 반비례하는 음량의 법칙처럼
함께 학습했던 친구들 멸종된 골짜기엔
골바람만 물푸레나무의 기억을 흔들고 있어요
표준어마저 황폐한 문맥의 언덕에서

맑은 옹달샘에 흙탕물 치던 이름 출렁이며
추억의 산 메아리까지 전송해봅니다
멀고 먼 시원의 언덕을 넘어
깊은 산속 옹달샘까지는 도달하지 못할 거예요
그런데 누가 아나요
추억의 학습장을 구석구석 적시는 사이
엽서에 쓰여진 자신의 명찰을 기억한 벗이
기억의 물살 헤집고 맞춤법 언덕을 향해
표준어로 거슬러 오를지 알 수 없는 일이예요
쫄쫄쫄 흐르고 있는 어간을 지나
똑똑똑 떨어지다 지상에서 멸종될
옹달샘 언어의 마지막 어휘를 생각해봅니다

문법의 반려자

한때, 동사를 관념어로만 생각하고
관계부사나 형용사만을 즐겨 썼으므로
문맥을 탈선한 주어를 원망한 적 있었지요
철자법 모르고 당신을 미워했을 땐
나도 한 음절 형용사나 부사에 기대어
품격을 갖춘 뒤 문맥상통한 적 있었어요
세상모르고 달콤하게 읽혀지던 날
새로운 문장은 첫사랑처럼 로맨틱했어요
일부 표현 부재를 감수하며
허허로운 속말 억측으로 넘기고
붉게 물든 단풍나무 숲을 거닐 듯
험준한 말의 맥을 구절구절 뛰어 넘었지요
띄엄띄엄 몇 굽이 어구를 지나
구비문학처럼 속절없이 읽혀지곤 했어요
그러나 가파른 문장구조 앞에선
기복과 호흡 거칠어 소통 결핍에 시달렸지요
그렇게 한세상 별책부록처럼 읽혀지며
당신의 품위에 길들여진 나는 자동사
감미로운 언어로 품격이 살아날 때
주제를 진술하며 동생공사할 테예요

감성의 언어는 문격을 잃으면

사랑 받을 수 없는 문체라는 것을 알았지요

난 알아요, 랩처럼 경쾌하게

리듬이 살아 있어야 맥박이 뛴다는 것

언제든 당신의 품격에 따라

제가끔 울고 웃는 문법의 반려자는

비의 리뷰

두터운 작문의 장마 원고를 접수하자
다양한 채널로 열린 구름 화면이 떴다
옥구슬로 자막 처리하고 있는 비의 리뷰
순풍과 야생화가 내용을 검토하고 있군요
반란처럼 어수선한 양떼구름의 문양에 따라
늑대 소나기를 유인하는 구름 문자인가 보죠
천상의 관념을 활자화하려는 뜻인가요
문명인들에게는 통시적이지 못해도
자연의 섭리는 그렇게 서술되는 것이라구요
그래요? 그럼 나도 무명의 위항시인인데
묘연한 섭리에 대해 공저라도 해서
월계시종의 목록에 등재할 수는 없을까요
천둥과 번개를 동반한 서평으로
모던한 독자들에게 벼락치고 싶어요
풍력계급에 의해 문자의 예보가 빗나가
종종 독자들의 비곡한 눈물이 쏟아지기도 해요
물안개인지 는개인지 시어를 오역할 때는
많은 비평가들이 미래파냐, 분열생식이냐
소나기 논쟁이 문단을 범람하기도 했구요
제 아무리 하늘에서 내려다본다 해도

지상파로 접속된 삼화저축 돈뭉치 한 다발
세탁하고 탈수하는 것까지
차마 예보할 수 없었던 노릇인가 봐요
고화질의 구름이라고 하늘과 땅 사이인데
지상의 이미지를 그대로 모사할 수는 없겠지요
때론 오보가 진보가 되어 시의 혁명이
구름 화면에 오색으로 열람되는 날 오겠지요
섭렵한 독자들의 감각이 상실되지 않도록
이번에 태풍을 동반한 장맛비의 일갈도
제발 공정성 있게 심사되길 바랄 뿐이예요

사역동사

날렵한 상승조의 선율을 문장에 접목한 뒤
표준어에 지친 임자말을 리드하면서
문맥을 힘차게 읽어나가던 아버지를 보았어요
부사나 형용사의 어린 품사들조차
문장성분을 섬기며 줄거리를 이끌어 갔지요
세상사, 어떤 문장부호도 두렵지 않았어요
쉼표나 마침표, 말줄임표 따위마저
문맥을 잇는데 의문문을 제시하지는 않았지요
한때 험준한 문맥을 넘기 위해
임자말에 쌓인 눈빛 살피며 치우느라
넘어지고 찢겨지고 파지로 밀려나
한순간 소각 직전에 이르렀던 날 있었어요
아버지라는 보통명사가 구겨지던 밤
손, 발이 마비되어 오던 정막 속에서
따뜻한 국어책을 넘기며 읽고 또 읽었어요
분절된 장르에서 찢겨 나뒹굴던 사동사가
활활 타오르며 승천하는 모습을 보고
그 불빛에 언 몸 녹이며 따라가고 싶었어요
차라리 별들을 인쇄한 하늘 문법 아래
달빛 사전 펼쳐들고 은하수를 읽어내는

푸른 문장의 사역동사가 되고 싶었어요

하지만 한 문장 완결하려 태어난 품사

문맥을 떠나려 했던 관형은 품격이 아니었지요

결국 주어에 맞춰가며 한 문장 살았지요

잘도 팔려 나가더군요

초판, 재판, 이판, 사판 인쇄되었지만

판권은 모두 아내 몫이었지요

너무 오래 읽혀져 이젠 어린 품사들조차

소리 내어 읽으려고 하지 않는 아버지

당신이 사역에서 해방되는 날은 언제인가

바람의 문법

한바탕 맞춤법을 무시하며 태풍이 지나갔다
국어의 자음과 모음이 깊은 상처를 입고
며칠 동안이나 헛소리를 내뱉곤 했다
자음의 헛소리 '기역'과 모음의 헛소리 '아야'
상실된 기억을 되찾고 아픔을 치료하면서
그간 해체된 체언을 복구한 바람의 문법이 되었다

그 혈압 골에 소리가 넘치도록 비가 내린다
바람에도 격이 붙는다는 것 태풍 뒤에서야 알았다
떠다니는 소리의 소유격으로 오선지를 띄웠다
맞춤법을 따라 산천초목 음표로 자리 잡고
품격을 갖춘 풍경들이 선명하게 인화되기 시작했다
바람의 작사, 비의 작곡, 품사의 노래가 편곡된다

침략 당했던 태풍의 이동경로를 추적해본다
황사로 공격하던 동북공정과는 달리
작사의 군락지마다 주어나 동사가 뿌리째 뽑혀 있다
저리, 왜곡된 것을 보면 작곡의 시발점은
합방으로 인한 국격의 소실점이었으리라
은유가 직유가 되어 피눈물이 오선지를 적시고

복구된 문법 앞에서 초목들 만세삼창을 외친다

바람의 한숨이 휘파람으로 인유되면서
기립박수를 감탄사로 받고 있는 산하
하늘과 땅 사이에 구름 같은 그대가 있다
그대와 나 사이, 문법 없이 피어나는 피사체들
새로운 장르라며 목청껏 불렀던 노래는
바람과 구름으로 떠도는 타동사 같은 자동사였다

뒷동산 마을문고

새로 문을 연, 뒷동산 숲속 마을문고를 찾았어요
산새들이 울창한 그림책에 소리를 접사하고 있더군요
꽃문으로 활짝 들어서자 열람실이 향긋했어요
애독자들의 시선이 꽃말을 탐닉하고 있더군요
마을문고라서 뭐 그리 읽을 것이 있겠나 싶었는데
화들짝 놀라 열람실이 그만 휘청하고 말았지요
이름 모를 야생초 원서들이 질서 있게 꽂혀 있었어요
그런데 야단났지 뭐예요, 왜냐고요?
몇 권을 제외하곤 원서들인지라 통 읽히지 않았어요
그동안 꺾는 데 바빠서 가꾸는 것을 멀리했던 탓이었죠
낯익은 애독자들과 눈인사 나누면서 노송 아래
바위 의자에 앉아 수준에 맞는 그림책 몇 권 꺼냈어요
제비꽃, 바람꽃, 벚꽃, 소나무 고서 등등
그중, 흰나비가 하얗게 앉아 있는 벚나무 그림책이
유생의 골목을 환하게 날아다니고 있었어요
나비 떼가 석양의 언덕으로 사라질 때까지
소나무 원서랑 벚나무 그림책을 오래도록 읽었지요
벚꽃 그림책을 내가 왜 가장 많이 읽었는지
아마 재 너머로 사라져간 나비 떼는 알거예요
서당 기슭에 두 그루의 나무가 마주보고 자랐거든요

벚꽃이 예쁘다고 하면 청솔처럼 근엄한 훈장에게

"왜 놈 꽃"이라며 솔방울 같은 언어로 혼쭐났지요

그들은 나비 떼처럼 날아와 나라말을 벌채하고

가가호호 사쿠라 꽃을 피워 올리곤 했다더군요

오늘, 숲속 문고를 열람 두 권의 그림책을 탐독했어요

외래종을 알면 들꽃 원서의 혈통을 보존할 수 있거든요

정독하고 난 뒤 마을문고 그림 목록에 서명하자

나비 떼를 재 너머로 몰아낸 바람 문체가

고서의 들꽃 문장 한 페이지를 슬쩍 넘겨주고 가네요

봄날의 발문

자음접변이나 모음조화로 나이테를 형설하여
묵연히 입술소리로 각인된 괭이를 통해
목본은 추성의 언어들을 읽어내고 있군요
혀 끓던 속앓이를 된소리로 감촉하기까지
뿌리는 절명의 순간들을 등고선으로 감아왔습니다
하고픈 말 다 부음하고 사색에 잠긴
풍광의 그림자를 계절의 귀빈으로 배웅하며
광야에서 문장부호를 덮고 겨울잠에 든
우듬지의 동공으로, 학습했던 하늘을 올려다봅니다
청록의 언어를 풍자했던 하늘빛이 사무쳐
겨울 마디 같은 곡성 한 소절 성토할 만도 한데
마지막 잎새를 전송하고 있던 중일까요
폐간되는 문장에 밑줄을 긋듯 청음합니다
그림자의 화술을 끝내고 정음의 계절로 스며들며
화려했던 시절의 제 모습을 비색하는 양
추성의 언어들을 유현체로 구성, 복습하고 있네요
그리하여 또다시 청초하게 편집할
경이로운 춘색의 언어들을 직조하고자
잔설의 갈피에서 자음과 모음을 개정하느라
풋잠을 설친다 해도 훈민들을 기억할 것입니다

빈 풍경의 부록보다 더 색감적으로 개편하여

봄날을 발문할 수 있다고 환몽하기까지

미세하게나마 춘풍의 가성을 예습하는 것은

길목을 열어주는 삭풍이 있었기 때문이 아닐까요

우리가 지나쳐버린 계절의 본문을 기억하는 일도

속앓이까지 된소리로 감득한 뿌리의 어휘가

어긋난 지층을 등고선으로 감아왔기 때문이 아닐는지요

어법마저 문맥을 이탈한 채 결빙된 설원에서

동계 편집을 끝낸 겨울 언어가 소리로 풀어지고

풀어진 등고선이 나이테로 한 바퀴 감긴 그 원심점에

품격을 한 단계 격상시킨 봄의 언어가

다시 파릇파릇 지성으로 돋아날 것입니다

제2부

수평선은 물의 내각이다

그러므로 물은 수평선을 향해 흘러가는 것이다
미끄럼 방지를 위해 음각된 시멘트 바닥
쏟아진 물이 흘러 양각으로 채워진다
속셈으로 물의 내각을 연산하면서
음각의 각도를 따라 상형문자로 휘호하는
물줄기에 맞춰 지평선으로 향한다
인체의 내각이라 불리는 지평선
지평과 수평의 각이 일치하려면
어긋나 있는 두 평행선에 따라
표면에 수록된 감정을 서체로 풀어내야 한다
오늘날 인류학이 그 바탕을 이룬다고
안내문이 예서체로 문명국 인도에 탁본된다
수평각 몇 눈금이라도 벗어나면
곧바로 양각을 멈추고 내각의 합을 내는 물줄기
푸르르 굽이치던 날과 날의 눈금이 가르치는
저 화살표 방향으로 노을이 붉디붉다
출렁출렁 흘러가는 것이 삶이라면
수평선과 지평선의 내각은 주검일까
엄연히 살아 있다는 증거를 제시하며
음각의 발자국에 양각으로 채워지는 물줄기

수평선과 지평선 사이 어딘가에
이런 ==== 징검다리 하나 놓여 있을 것이다
과연 이들은 거기에서 합류하던 언어가
상형문자였다는 것을 밝혀낼 수 있을까
소용돌이치며 격랑으로 흘러가던 강물은
수평선에 닿아서야 잔잔하게 내각을 이루리라

트롱프뢰유

그녀의 살인적인 미소에 현혹되어
애호가들의 시선이 동공으로 확장되고
확장된 시선으로 광고 속 모나리자가
세상 밖을 능청스럽게 두리번거리고 있다
프레임 속에 갇힌 지 몇 세기였던가
그녀와 아낌없이 눈빛을 주고받은 건
20세기 후반, 미술 시간이었다
레오나르도 다빈치와 엘리자베타
물감의 대화를 붓으로 엿듣고
빛바랜 세기를 색채로 위로했을 뿐
그녀의 물감에도 내 마음 물들지 않았단다
수집가들은 세기의 대화를 엿듣기만 하고
미소의 언어 행동에 의미를 두지 않았다
이제야 조금씩 물감을 풀어내며
애니메이션으로 세기의 외출을 허용하지만
아직도 프레임 밖을 벗어나지는 못하고 있다
물감의 말을 오랫동안 엿듣고 있던 내게
오감으로 전해진 그녀의 미소는 완전한 외출
한동안 프레임 해체를 여러 번 시도했으나
세기의 미소가 심하게 찢어지곤 했다

표정을 복원한 미소 되찾아 벽에 걸고

물감을 닿소리와 홀소리로 혼합하자

넌지시 21세기 밖으로 손을 내밀었다

두 손을 꼭 잡고 온기를 덧칠했을 때

프레임을 빠져나와 환생의 재회를 포옹한다

못에 박혀 있던 드레스의 리듬을 풀어헤치며

그녀가 트롱프뢰유 밖으로 외출을 나선다

다양한 색감이 빠져나간 캔버스에서

다빈치가 15세기의 그녀를 말없이 배웅하고 있다

닭의 함수

아직 계산도 끝나지 않았는데
허겁지겁 먹어치운 뼈마디들
마치 해체된 함수 같다
통닭 한 마리가 완전히 분해되었다
문학 강좌를 끝낸 뒤풀이 같아
살붙이로 장르별 맛을 보며
해체된 한 마리의 문학을 복원한다
미래파의 시론을 맛보는
계기로 삼고자 꼭꼭 씹어 맛을 본다
부드러움과 팍팍함에 차이는 있으나
닭고기의 담백한 기교의 맛은
뼈 속에 들어 있는 언어의 골수였다
해체시 같은 가슴팍 살을 씹다가
문득, 서정의 닭 울음소리가
계관시인의 목청이었다면
가슴팍 깊이 우러나오는 함수가
미래파의 시론이 아니겠는가
한 편의 시를 편집하듯
해체된 뼈마디의 시어들을 조립
새로운 실험의 음계로 목을 뽑고 싶다

모더니즘의 날개뼈를 조립하자
아이러니하게 낭만파가 훼를 친다
뼛속 함수가 이해될 때까지
씹고 또 씹으며 맛을 의미한다
어느 지붕 위에서 해답처럼 울었던가
드디어 해체된 언어들을 꿰맞추며
단단한 현대시의 골격을 완성했다
새로운 일탈의 새벽이라며
'꼬끼오, 꼭껴요' 하고 첫 닭이 울어댄다
과연 알을 낳아 부화할 수 있을까

도시 광산

희로애락을 다량으로 매장하고 있는
현생대의 행복층을 찾아 나선 광부들
갱도에는 지층의 시대성을 가리키는 벽화들이
삶의 채굴 현상을 도식하고 있다
지하철을 타고 막장 깊숙이 파고든다
갱 내부의 심층이 가까울수록
부귀영화의 성분 함량이 풍부하다
행복 지수를 다양하게 매장하고 있어
매장량 확보를 위해 갱도로 스며들기도 한다
능력과 행운에 따라 원석을 채취하여
반짝반짝 가공하는 이가 있는가 하면
응어리로 쌓인 퇴적층을 만나기도 한다
우회하거나 발파를 시도하지만
삶의 회로 구성이 미흡하여 불발할 때가 많다
광산에 매장되어 있는 희로애락이
석등처럼 반짝거릴 때 광부들은
꿈을 채취하던 막장을 핼쑥하게 빠져나온다
더러 갱도가 무너져 내려도
행복 추구를 향한 발굴까지 멈출 수는 없다
허둥지둥 빠져나온 채벽 같은 갱도

금화나 은화가 박혀 있는 광석처럼

피부색과 옷차림과 명품 도구들로

행복 자원을 채굴하던 갱도의 깊이를 보라

부귀영화의 가공을 가늠하는 도시 광산

만차의 지하철이 기적을 울린다

갱도 속에서 광맥처럼 빛나는 눈동자들

광부들은 다이아몬드를 찾아낼 수 있을까

언제 부귀영화를 가득 실은 트레일러를 타고

어긋난 현생대의 지층을 빠져나올 수 있을까

소리의 기원

푸르른 힘으로 지상의 율동을 펼쳐내던

맑고 나지막한 소리가 빠져나가자

노련한 춤사위가 가벼워진 육신을 다스린다

삶의 연대기 따라 어긋난 배경들

천명을 따라 지경풍을 즐기는 춤사위에

이별의 서곡을 합창하는 겨레붙이들

저 가벼운 이별은 호상인가 호곡인가

차마 홀가분한 바람을 타기까지

청신경을 자극하던 소리의 파장은

몇 마루의 생을 넘어 몇 옥타브까지 올라갔을까

얼마나 가벼웠으면 소리의 기원을 앞서갔을까

성대결절에 장단을 멈춘 적은 없는지

마찰음은 어떤 주파수로 천양지간을 교신했을지 모르지만

그래, 그렇다면 훨훨 날아라

무희처럼 살아야 했던 무대를 떠나

하늘 높이 비상하여 새의 어미가 되거라

천상의 경이로움만을 노래하는

영혼의 악극사로 남아 제2막의 무대를 열어가라

무간나락의 세상을 훨훨 날아 어미새가 되어

파장 없는 낮은 영혼의 주파수로 떠돌다가

우주의 율동을 지배하는 불후의 주제곡을 공유하거라

바람을 앞서가는 저 가벼운 몸짓처럼

십자수의 배경

세포분열이 그림 도표로 진행되면서
십자수의 밑바탕 그림에 혈색이 돈다
한 땀 한 땀 바늘귀를 통과한 풍경들
바람의 이동을 숨소리로 이식받고
궁창에 하늘빛을 화려하게 쏟아낸다
풍경들이 근육세포로 팽창하는 사이
혈풍혈우처럼 증식을 거듭하는 혈청들
동맥의 율동이 꽃으로 피어나는가
적혈구의 침강 속도에 따라
배경의 여백인 백혈구가 소멸되고
혈관을 따라 유유히 혈색을 찾는 풍광들
수채화나 유화보다 더 섬세하게
바늘구멍을 관통한 십자수의 그늘 아래
소리의 모공을 채취 피부 문신으로 새긴다
와지의 형상들이 직립의 진풍경에서
샛노란 엽황소로 진화 중인 들녘
태양은 저물어 가는 시각을 복원 중에 있다
곧 채혈된 노을이 피주사로 접종되고
저녁 종소리가 세포증식을 완료하면
기도하던 저들은 하늘빛 수화를 건네겠지

마지막으로 세포핵을 눈동자로 꿰매자
종성의 메아리가 액자 가득 수혈된다
수침을 끝난 한 폭 십자수에서
맥박을 파종하던 부부가 생명을 발아
트롱프뢰유로 세포벽을 걸어 나오고 있다
바구니의 감자 무덤을 헤집고
아이의 영혼이 포르릉 포르릉 날아간다

추억을 감상하다

솔솔 불어오는 바람의 신선한 자극에
기억의 촉수를 쫑끗쫑끗 세우며
촉감이 되살아나듯 재발하는 추억들
귀환의 빛깔로 혹은 재촉의 빛으로
푸르렀던 생의 동산에 시네마로 펼쳐질 때
기억의 일편에 앉아서
스쳐지나간 연민의 안부를 감상합니다
표제 같은 언어에 현혹되어
시절의 내재율로 깊게 자리 잡은 어조
호소력 있게 자막으로 삽입될 때
말문이 막혀 입술을 깨물곤 하지요
번민이 오래 지속되는 날에는
미래시제를 서술하며 건네주던
대본의 은유를 되새기며 팝콘을 씹어요
집착으로 뿌리내린 언어를 다시 읽어 보며
과거진행완료형으로 격하하기까지
품사처럼 잃아야 할 대목이 아닐런지요
유효기간도, 시효성도 없는 추상들
퇴화된 표정과 어조에도 상기되고
때론 생생지리하게 마음의 배경으로

음영 짙은 생의 파노라마를 연출할 때

돌아갈 수 없기에 시네라마로 찾아가

후광으로 펼쳐지는 추억의 한 장면에

잠시, 애정 깊게 주연으로 출연해봅니다

입체음향으로 들려오는 정겨운 환상

계절풍이 사색의 거리를 휩쓸며

통한의 잎새처럼 시대적 배경으로 나뒹굴면

예고된 무성영화처럼 재발하는 추상들

그대 사랑의 모르핀 주사를 꽂은 채

통증의 병리학에 고요히 저항해봅니다

무희들의 습성

어백을 리듬으로 살랑이는 무희와 함께
봄, 가을 건너 바람은 울울창창 깊어가고 있습니다
저음에서 장단을 치며 흥을 돋우던 가락
고음의 옥타브로 무희들을 초청하네요
자유롭게 무대복을 훌훌 벗어던진 지금
줄새김하는 미인 송과 무희들의 나신을 봅니다
노천극장에서 적막을 관객으로
눈물로 화장을 지우는 단절된 몸짓으로
울적했던 대사를 풀어놓으며
겨울 숲도 새로운 소리의 독백에 위로받을 것입니다
무명 시절을 직립으로 지탱해 주던 무대가
그들의 뿌리였기에 버티던 거리의 배우들
바람에 흩어지고 있는 대본과 대화하고 있네요
그늘 속에서 자란 빈약한 잡목의 춤사위가
따뜻한 햇살을 여백에 저장하느라 현란합니다
그늘과 햇살과 바람 사이에서
당신은 홀로 관객으로 서 있어 본 적 있나요?
겨울 꽃으로 남은 허허로운 둥지
홀쩍 떠나버린 정령들의 공터를 기웃거리며
청정의 소리는 더더욱 울창해져 가고 있습니다

빛의 무게가 숲을 입체적으로 등분하여
적막한 공백에 대사를 풀어놓고 있네요
대본을 따라 직립의 공간을 오가며
환하게 채우는 광경이 노을의 습성입니다
마지막 잎새를 움켜쥐고 있는 겨울 숲
잉여의 눈물로 봄날을 싹 틔우는 모습 사무칩니다
낙엽송의 별리가 마지막 무희로 울려 퍼지고
거리의 악사로 떠돌던 산새가 공제선을 넘어 가네요
겨우내 새로운 악보를 눈보라로 휘날리며
개사할 수 없는 소리로 공제선을 넘어오겠지요
그때, 겨울 숲은 새로운 장르로 무대를 펼칠 것입니다
당신을 관객으로 초청하여 무대 중앙에
빈자리 하나 마련해 두고 기다리고 있겠습니다

미완의 수채화 감상법

만목황량한 풍골 사이를 휘저으며
교감의 공통언어를 채색하고자
눈목마다 상형문자를 싹 틔우는 산수유
수채화의 구도를 샛노랗게 스케치하며
탈고를 끝낸 명도를 은은하게 배합
그림 글씨로 그녀를 필사하고자 했지요
행여, 필법을 잃어버리지는 않을까
뚜껑 열린 햇살이 색감을 풀어놓더군요
새로운 풀의 촉으로 물감을 콕콕 찍어
미완성의 수채화에 색동하기 시작했어요
형형색색 수채화를 구상하는 동안
오래도록 혼합할 수 없었던 빛과 그림자
어느새 착색을 시작한 양지와 음지의 간극
원근 없이 흑백으로 펼쳐 놓았던
내 마음의 도화지에 음영이 되살아나고
누군가가 붉은 꽃봉오리로 곱게 피어납니다
수채화에 낙관으로 남기고 싶었던 미소
하얗게 탈고한 언어가 수채화의 여백에
계절 없이 피어 있으리라 덧칠했었지요
천연물감을 풀어가며 다가갔을 때

그녀는 색다른 인공물감을 혼합하고 있었어요
투명하게 세정하고픈 색감의 붓
미완성의 수채화를 그대로 펼쳐 놓은 채
은은히 물들이던 그림 붓을 놓았지요
아주 오래도록 서서 그녀의 색채만
그저 원근법으로 감상하고 있었지요

알을 찾아서

든든한 받침이 떨어져 나간 나무에서
딱따구리가 배회하고 있어요
버팀목을 찾고 있는 숲속에선
잠시 한 구절 쉬어가라는 듯
헝클어진 음운 소리가 쉼표처럼 들려와요
호흡을 멈추고 음도에 귀 기울려보면
유회하는 바람의 형태를 만질 수 있지요
살랑살랑 가지에 음을 틔우며
형태소 주위를 맴돌고 있는 것을 보면
저건 분명히 여우 발음일 거예요
받침 없는 음가는 난잡한 풍속으로
표백된 마른 잎새 몇 장
자음의 어순으로 나부끼는 줄기에선
모음 소리로 여우 발음을 사냥하고 있네요
유혹에 성공했다하여 실질명사로
자연도감에 녹음된 원음의 곡선처럼
푸르던 어형과 일체를 이룰 수는 없을 거예요
간혹, 음색이 도돌이표로 들려왔지만
낡은 흑백음이라 따라 부를 수가 없었어요
갈채의 비음 소리를 기억하고 있기에

방언이 된 언어를 곧 되찾을 날이 올 거예요
저기, 형태소 주위를 보세요!
되찾은 받침소리를 파종하며
딱따구리 한 마리 포르릉 날아들어
스스로 깨쳐 날아가는 알을 낳을 거예요

국경을 넘다

한때, 찬란한 문화를 꽃피웠던
개화국이라는 듯
계절의 국경을 넘어가고 있다
사르르르 삭삭 사르르륵 삭삭
국경의 암구호로 밟히는 낙엽의 언어
사계의 초병으로 서 있던 야생초는
꽃씨를 문명국 전선에 흩날리며
풀벌레 소리 그윽했던 초원의 밤을 달래고 있다
어디서 와서 어디로 가는가
질풍 같은 물음에 국경을 돌아보면
계절의 우듬지를 읽어내던 훈련 과정이
어디로 가는가의 물음에 해답이 될 것이다
몇 장 남은 잎새를 넘기고 나면
더 이상 넘길 수 없는 막다른 페이지가
극복해야 할 국경의 마지막 장애물이다
결코 그 길을 두려워하지 마라
암호를 건네며 무사히 장벽을 통과하고 나면
또 다른 개도국의 국빈으로 피어나
국경수비대 풀벌레 고적단을 만나게 된단다
그들은 풀잎 청춘곡으로 환영식을 베풀어 줄 것이다

낙조가 물든 바다의 국경, 수평선 너머에
햇무리 피어나는 신생국 문명의 아침이 있듯
폐간되는 계절에 삭제되는 몇 줄의 낙엽들
작별의 인사처럼 밟고 서 있지 마라
그들도 서둘러 초원의 국경을 넘어가야
문명을 창작하는 우듬지 마을에 도착할 수 있단다
국경과 국경 사이 미처 대답하지 못하고
낙오된 낙엽의 암구호를 읽거들랑
신생국의 찬란한 아침이 있다는 것을 전해다오
휴간은 문명을 발간하기 위한 준비이므로
그들도 서둘러 국경의 장애물을 극복할 것이다

술어에 취하다

그의 단짝이자 문장의 반려자인
술어를 얼큰하다고 풀이했더군요
찰랑찰랑 술어를 따라 마셨던 탓에
주제 없이 비틀거렸던 하루였어요
술어에 취해 얼마나 흥청거렸을까요?
눈을 떠보니 주체를 상실한
남루한 품격이 쉼표로 나뒹굴고 있었어요
주정을 받아본 사람만이 주제 없는
횡설수설한 문체의 지루함을 알 거예요
술어 풀이를 잘 이해하면서
문장 구성을 시도해야 주체성을 인정받지요
그래야 장편소설 같은 한 권의 인생이
감동의 베스트셀러로 제본될 테니까요
출렁거렸던 '메디슨 카운터의 다리'나
눈물의 '젊은 베르테르의 슬픔'이
베스트셀러가 되어 세상을 울렸을 때
그들의 술어는 사랑과 죽음이었지요
그리하여 술어를 풀이하고 슬퍼하며
젊은이들이 마침표로 쓰러져 갔어요
술어 풀이가 그렇게 위대한 줄 미처 몰랐지요

하긴 누구나 다 주어와 일체를 이루며
유토피아 같은 세상으로 출간하길 원해요
그러나 뜻대로 안 될 때가 더 많죠
늦었다고 생각할 때가 가장 빠르다는
우리네 속담처럼 지금도 늦지 않았어요
고전은 칠십부터라는 말로 교정하면서
곧바로 술어에 취해보세요
술어에 취해 독후감을 써본 사람만이
카운터 다리의 추억과 베르테르의 죽음이
왜 베스트셀러가 되었는지를 알 수 있지요
그렇다면 오늘날 사랑과 주검의 술어는
현상에 따라 어떤 단어가 가장 적합할까요?

천옥으로 가는 길목

발자국이 자문자답하는 산장 가는 길
너설바위 방위각 눈금을 헤아려봅니다
공제선에 여백 없이 세워진 창문틀 너머
천옥의 창살로 빗살 처진 나무들 사이
마른 잎으로 초대장을 내밀고 있네요
다복했던 숲, 화순 사이에 둥지를 틀고
세상을 향해 이소의 홰를 치던 날
활갯짓을 열어주던 깃털 모양의 잎새들
호시절 춘색의 초록 문자로
입춘서를 내걸며 산장 가는 길목
꽃들의 이야기를 화첩으로 편집했지요
그렇게 페이지가 두터워지는 사이
털갈이를 끝내고 독립의 날개 펼친
파랑새 한 마리를 분양 받았어요
그들은 방위각의 눈금을 쪼면서
잎줄기들은 천옥의 문을 향해
점점 비상의 각을 키워갔다지요
부리가 샛노랗게 성숙되어 가는 동안
주둥이에 날카롭게 찍힌 초록 점자들도
시퍼렇게 멍든 계절빛을 수정했어요

몇 번의 털갈이가 끝나갈 무렵

갈색 문자로 떨어지는 화순의 무명 이야기에

공작이라는 표제를 붙여주었지요

화답하듯, 속편을 예고하며 날아든

관모를 쓴 공작새를 방생하려 합니다

오랫동안 품었던 알 속에는

가을 이야기가 홰를 치고 있네요

빈 둥지에 버려진 화조의 받침들

눈부신 산란을 기다리고 있을 테예요

언어의 시술법

심한 변형질의 세포에 응급처치를 하고 있다
슈퍼 박테리아가 점령한 문학 병원 응급실
누가 문학 세포의 핵이고 세포질이더냐
전위파 출현에 원로나 중견 편집인들도
문학 혁명의 시술 시대를 기대했었다만
염려대로 시술이 위본이라고 위로했단다

나아가 그의 실험은 미래를 정복할
슈퍼 박테리아급 시의 몽타주를 그려내기 위해
서정을 합성화 이미지 분열에 들어갔다
복잡한 현대시 실험실 문이 열리고
임상실험 끝에 새로운 시술법에 성공한
문체가 다다이즘하게 수술실을 빠져나왔다

내연성이 없어 실험 가치가 떨어진다는
혹평 속으로 그가 처음 입문할 때만 해도
내용을 벼르기보다는 내구성이 강한
새로운 감수성을 찾고자 불속으로 뛰어들었다
불속이 아닌 냉대의 물속 자맥질이었던 것이다

몇 번의 혹평으로 젖어들겠지 하는 동안
이미지 담금질이 중요하다는 것을 알았단다
불의 언어보다 더 차가워야 뜨겁고
물의 언어보다 더 뜨거워야만 차갑다는
독특하게 합성된 시론을 발견했단다
새로운 이미지의 줄기세포 분열을 위해
불속에서 물의 원소로 뭉쳐 있어야 했다

문학 정신으로 판금된 옛 시인의 문장 속에서
그의 서정은 휴지부나 마침표에 불과했단다
이제야 언어의 줄기세포를 시술한 문체가
많은 집도인의 조명을 받는 불꽃 언어로
곧 암울했던 임상의 날을 환히 밝혀줄 것이다

○번지

― 귀천歸天

하얀
뭉게구름
팬션

넓고
파란
하늘정원

늘
가보고 싶었던
그곳

나 오늘
○번지로
이사 가네

제3부

느낌의 기술

느낌표를 변형하여 물음표가 되기까지
문장을 가꾼다는 것은 쉽지 않았으리라
유언 한 마디 물음표로 내려놓고
낡은 문장을 떠나는 부성의 물음표 앞에
그제야 느낌표로 서 있는 상주들
목이 메여 화답 한 마디 못하고
그간의 긴 문장을 곡성으로 서술한다
환하게 타오르며 부음의 길을 안내하는
모닥불 곁에서 귀뚜리마저 호곡하는 날
지팡이 끝으로 마침표를 찍으며 걷던
원고지처럼 구획정리된 영농 길에는
누런 수의를 걸친 벼들이 일제히
영농자금 독촉서에 물음표를 던지고 있다
한 해 두 해 해답을 경작하는 동안
휘영청 굽어진 허리 능선을 따라
수없이 황혼의 마침표를 찍으려 했던가
문장부호처럼 걸치고 있던 작업복에서
잘 익은 잡곡 몇 알 쏟아내며
물음표의 품속을 품사처럼 파고든다
승천길 새로운 문언에 따라

저들은 새 문장마다 느낌표를 싹 틔울 것이다
수의를 입고자 이제야 물음표를 던질 때
우두둑 굽은 허리가 맞춤법을 찾아간다
느낌표로 누운 한 평 남짓한 빈 여백에
그동안의 문맥을 호곡으로 바로잡고 있다
느낌표가 물음표가 될 때까지
읽고 또 읽어야 하는 문장의 기술처럼

뜨거운 접속사

누구든 접속사로 다시 한 번 뜨겁게
당신과 나 사이의 어격을 잇는다면
견우와 직녀의 만남이 아니겠는지요
까치밥으로 남긴 연시처럼
문장과 문장이 붉게 무르익을 무렵
'아' 다르고 '어' 다르다며
이별 엽서 잎새마다 새겨 놓고 홀연,
구구절절했던 문장을 이탈한 당신
오늘도 까치는 접속사로 웁니다
구연의 문맥을 잃은 달콤했던 문장에
파열음만 마른 잎새를 흔들고 있군요
이렇게 흔들리다 자음으로 떨어져
된바람 타고 나뒹굴면 다시,
모음동화로 당신을 접속할 수 있을까요
떠듬떠듬 읽어 가는 계절 속으로
한 음절 두 음절 달콤하게 속삭이던
사랑의 어휘가 그리움으로 나부낍니다
이제와서 어법을 탓하고 싶진 않아요
당신과 주고받았던 어성에서
'아'는 감탄사로, '어'는 감음정으로

당신을 만나 미치도록 황홀했을 때
복합어로 자주 사용했던 언어였지요
이제 아시겠어요?
남은 문장 다 탈고할 때까지
문격 잃은 문투는 모두 삭제하겠어요
오늘도 뜨거웠던 문장으로 까치가 우네요
그 음절에 따라 부정문을 긍정문으로
전설의 오작교를 건너
우리 이음토씨로 타오르는 사랑처럼

미인도 앞에서

어느 날, 물빛 수채화로 곱게 화장을 막 끝낸
몇 세기 연상의 미인도 앞에 서 있다
겨드랑이 살짝 내비친 저고리의 앞섶이
외씨버선의 곡선처럼 느껴지는 것으로 보아
17세기 전, 후 조선의 미인이 분명했다
나는 오늘, 21세기의 한 사내로써
몸단장을 끝낸 여인 앞에 아랫도리를 내보이며
붓끝을 휘어 감는 눈빛으로 유혹하고 있다
활을 당기는 헤라클레스로 보였을까
과녁의 살처럼 몸을 부르르 떨며 반응을 보인다
세기를 넘나드는 유혹 끝에 주고받은 눈빛
역사가 우거져 있는 풍경 속을 함께 걷자 손 내밀자
액자의 문을 열고 표고 속을 사뿐사뿐 걸어 나왔다
21세기를 살아가고 있는 연하의 남자라고 소개하자
만족한 시선으로 고택을 빠져나왔다
처음 만남이 누구에게나 서먹서먹하듯이
세기의 사랑을 좁혀가고자 그리움을 고백했다
그대와 나 사이, 사랑은 세기의 픽션이라며
맺을 수 없는 인연이라고 앞섶을 꼭꼭 동여맨다
아호도 없고 낙관도 없는 그대가

몇 세기 연상인지 알길 없어 애태웠다 했더니
그래서 이날 입때껏 사랑 한 번 못했다 한다
속저고리 곡선의 시대적 배경을 꿰맞추면
내 사랑을 받아주겠노라는 여인 앞에
월출산 풍경을 조목조목 사랑 시 한 수 건네자
몇 세기 전 고산과 함께 여기서 시를 읊은 게
첫 번째 나들이고, 이어 두 번째 외출이라 했다
시대를 초월해 농을 던지며 수작을 건네는 나에게
너무 오래 자리를 비웠으니 그만 돌아가자 한다
세기의 아쉬움을 뒤로 하고 배웅의 문턱에 서서
언제 다시 만날 수 있느냐고 약조의 날을 물었다
자신이 몇 세기 연상인지 알아맞히면
날 찾아와 앞섶을 풀어헤치겠다는 말을 남기고
아슴아슴 표고의 문지방을 넘어 갔다
21세기 사랑으로 미인도 앞에 서게 되는 날
고전적인 액자의 문이 조용히 열리고 닫힐 것이다

별빛 사전을 제본하다

깊은 어둠 속에서도 푸르른 빛을 쏘아 올리며
별자리를 도식, 별빛 사전을 읽어주고 있었지요
까막눈의 식솔들이 올려다본 별천지는
까맣게 제본된 별빛 사전의 겉표지 같았어요
하늘 칠판에 반짝이는 성채들도
한 되 좁쌀만도 못한 까만 글씨에 불과했지요
보름달로도 덥혀지지 않던 아랫목에서
매일 밤 별빛 사전을 펼쳐들고
고전처럼 읽어주는 일상이 별똥별 같았어요
별똥이 떨어져 자갈밭이 된 앞마당을
근심으로 서성이며 빚처럼 쌓여가는 형상들이
탈고하지 않은 사전의 목차를 닮아갔어요
한쪽이라도 빨리 일그러진 표정을 곱게 펼쳐
갈피로 끼워 넣고 페이지 수를 늘려가고 싶었지요
목차의 순서를 씨줄처럼 탈고하던 날
부러진 쟁깃날에 혈육의 핏줄을 수혈하면서
외양간 빈 여물통에 달빛이 고여 신기루 같았어요
북두칠성으로 밑거름을 퍼 담던 오싹한 등살에
한 줄기 유성이 내리꽂혀 허기를 펼 수 있었지요
식어버린 아랫목에서 깨진 종소리를 들었던 거예요

깨진 종소리가 하늘 메아리로 울려 퍼지기까지
여명이 우마차에 실리고, 등굣길이 실리고
등교를 기다리다 등을 돌린 책보자기는
하교의 깃발로 펄럭이며 종소리를 잊어가곤 했지요
별빛이 따스하게 스며들기 시작한 아랫목.
별이 빛나던 밤에도 별을 보지 못했던
까막눈 속으로 하나, 둘 별들이 자리 잡고
별빛 사전이 인쇄되어 페이지 수를 늘려갔지요
읽기 쉬운 별빛 사전의 개정판이 제본된 뒤
시작종과 끝 종 사이에 끼워 넣은 까막눈동자
별빛 사전에서 파본된 별자리를 헤아리려가자
북두칠성을 타고 은하수를 건너가고 있는 워낭소리
하교의 깃발로 펄럭이던 책보자기는
칠성의 돛으로 하늘의 물살을 가르고 있었지요

억새꽃 스페셜

불그레 산마루 휘감아 도는 바다를 보았는가
얇은 청으로 파도의 억양법을 익히느라
계절을 매립 만조의 속울음을 토해내고 있단다
억새는 오래전 이곳이 바다였다는 것을
하얀 억새 물결로 재현하고 있는지도 모른다
사르르 싹싹 싸르르 쏴악 철썩
빈 마디마디 청으로 익혀온 해명의 소리로
억새는 파도 소리를 피워내기 위해
9월의 산울림까지 공명의 주파수로 익혔을 것이다
조수의 물살로 지평을 수평으로 개화한 뒤
계절의 수심을 개방한 억새꽃 바다
수심가를 읊조리듯 산호 군락으로 서 있는 바위섬
억새는 풍경의 여백을 섬으로 물들이며
파랑의 파도 소리를 꽃 피웠단다
화색한 지느러미로 몸치장을 끝내고
물길을 저어 용왕을 찾아가는 인어 떼를 보라
머리 지느러미 하얗게 빛바랜 유영이
용궁길에 오른 지상의 마지막 풍랑이었다고
수심가의 후렴으로 남기게 될지도 모를 일이다
물빛 배경이 색다른 해안선을 따라

해연풍은 일렁이는 억새꽃 바다를 향해
단풍나무 숲이 산란한 치어들을 방생하고 있다
저들도 계절의 주파수를 삶의 곡선으로 익히며
이제 곧 어둠과 빛의 경계선을 알아챌 것이다
저녁 영상을 인화하며 억새꽃 바다로 몰려올
다색한 치어 떼를 품어 안을 노을빛 물살 앞에
섬으로 서 있던 시절을 무량하게 헤아려본다
억새꽃 바다 수평선 너머 또 다른 세상을 향해
성긴 지느러미를 세워 격렬하게 헤쳐 나가야 한다

상형의 소리를 편찬하다

침엽의 닿소리와 활엽의 홀소리가 겹쳐
원작의 맞춤법 겨루기를 편찬하고 있네요
혹, 세종대왕께서도 뜰 안을 산책하다가
바람 문장을 읽고 훈민정음을 창제하셨을까요?
숲속 집현전에 앉아 자작자연하고 있노라면
바람 소리로 읽혀지는 상형문자들이
파란 화면에 자막 처리되곤 하지요
그 소리 받아 적으며, 큰소리로 따라 읽으며
문맥을 넘으려는데 문장이 굴절되네요
자연의 소리 한 문장 수록되기까지
침엽과 활엽의 문장 겨루기는
줄기차게 썼다 지웠다 해야 할 것 같아요
그래서 연문의 초고는 연필로 쓰라고 했나 봐요
사랑 예찬 한 문장 발췌하려 밤을 지새우며
썼다가 찢었다가, 찢었다가 또 썼다가 했던가요
밤의 여로를 걷던 경험들 있잖아요
더군다나 너설바위 대청마루에 앉아
바람 강의를 듣고 소리를 편저하고 있노라면
맞춤법이 얼마나 소중하던지요
가까스로 귀중한 상형문자 하나 습작하고 나면

산새가 포르릉 자음과 모음의 가지가 출렁

외국어투로 기술되어 어법을 상실하기 일쑤구요

바람의 강의를 복습하다가는

휘청거리는 가지의 일필휘지를 놓치기도 해요

그때마다 맞춤법 혼선을 빚으므로

그야말로 문장부호는 엉망으로 휘어지지요

제대로 된 명시 한 편 협연하기 위해선

집현전 침엽과 활엽의 바람 강의를 놓치지 마세요

천언만어를 발성하는 새소리는 더욱 더

자연의 소리를 편술하는 데 신성한 표절이구요

습작에 긴요한 상형문자의 청음이지요

외출

수선을 기다리던 팔, 다리가 기지개를 켠다
낡아 품위를 잃은 허름한 옷 한 벌
그간 찢기고 비틀린 피골 사이로 실밥이 풀린다
솔기를 헤집고 바람은 얼마나 많이 스쳐 갔을까
보푸라기에 쌓여 있던 혼령이 외출을 나선다
그 사이 잃어버린 품성과 구릿빛을 되찾기 위해
욱신욱신 삭신을 앞세워 수선집을 찾았다
표백된 색향이 석양으로 물들고 있는
유리창 너머 싹독싹독 잘려나가는 비명 소리
지불하지 못한 손익분기의 갈림길에서
신체 부위별로 수선비용이 계정되고 있다

푸르르 계절풍 속으로 자연 도태된 인욕들
화려한 무늬를 삼키며 흘러간 물굽이가
어깨 위에 여울져 수명을 예고하고 있다
수선공의 진단과 처방에 따라 인품을 맡겼다
가까스로 영혼과 육신이 봉합된다
깊게 페인 쇄골에 축대를 쌓아
기울어진 어깨의 각을 꼿꼿하게 세우기 시작했다
그리하여 찬란한 여명의 빛과 함께

인위 도태된 부분을 새롭게 복원하며
몇 해 더 비바람을 견딜 수 있으리라
가시거리를 잃고 누른빛을 띤 단추들
초점을 찍은 뒤 새것으로 교환하고 나니
품성도 살리고 눈동자도 광원하구나

세련되게 수선된 품성으로 세경 앞에 섰다
비로소 외출 나갔던 육신이 품속으로 파고든다
홀연히 나섰던 영혼은 무엇을 얻어 돌아왔을까
자전과 공전 속에 구정물을 토해내고
소용돌이 속에서 헹굼과 탈수를 반복하며
시름을 건조하던 세상을 답사하고 돌아온 것일까
싸늘했던 체온이 따뜻하게 물질을 교대한다
재봉틀처럼 흔들리던 기억을 더듬고 있을 때
어디선가 아기의 웃음소리가 까르르르
어깨를 세운 노혼의 따뜻한 품속으로 파고든다

가을, 뱀사골에서

어미의 지나간 흔적을 답사하듯
급경사의 뱀사골을 거슬러 올라간다
비단길에서는 거룩한 상상력이 독이 된다
뱀사골은 지금 허물을 벗고 있는 중이다
후각으로 어미의 자취를 탐색하며
산중턱에 올라 똬리를 틀자
가을 정취가 맹독처럼 물씬 풍겨난다
누구나 이 독성에 중독되고 나면
사경을 헤매는 계절병에 시달리면서
독성이 제거될 때까지 감상문을 써야 한다
산마루에 올라 허물 벗는 뒤태를 보며
공격 본능으로 맹위를 떨치던 날을 생각한다
방울 소리 없이도 산울림을 남기곤 했었지
소화샘처럼 툭툭 불거져 나온 산막의 풍경들
냉큼 삼킨 여름을 소화하느라
상쾌한 골안개를 효소처럼 내뿜고 있다
이빨 자국이 선명한 상처 부위에선
붉은 단풍을 혈흔처럼 우수수 쏟아내고 있다
비늘처럼 떨어지고 있는 낙엽 사이로
허물을 훌훌 털어내고 있는 나목을 본다

투약을 끝내고 껍질이 다 벗겨지기 전에
동면 중에 꿈속에서 연주해야 할 몽환곡을
이 산중 어딘가에서 독성 있게 창작해야 한다
겨울잠에서 모작했던 봄의 세레나데는
맹독성을 잃어 공명을 얻어내지 못했단다
겨우, 진동 소리에 습관처럼 나부끼던 갈잎들도
부드러운 목질로 풀피리 불던 여름날을 기억하며
인동의 아침을 위해 허물을 벗고 있는 중이다
동면을 끝낸 뒤 몽환곡을 환상곡으로
독성 있게 창작한 뱀사골은
어미의 흔적을 찾던 한 마리 꽃뱀에서
비단옷을 입은 이무기로 용트림 칠 것이다

불규칙 동사의 습관

　제기랄, 맞춤법 무서운 줄 모르고 날뛰고 있군 표준어의
따끔한 맛을 보여줘야 할 텐데 상큼한 문장은 문법부터 알
아봐야 한다고 했던가 아니 떡잎은 아주 파릇파릇 하늘을
수정해 갔어 유년의 문법 체제와 단어 사용은 나무랄 데가
없었단 말야 성장통을 앓으면서 잘못된 용어 자주 선택하
길래 세살 버릇 될까 싶어 받침 몇 개 떼어냈단다 얼씨구
그랬더니 제 정신이 아냐 표준어는 어디다 내팽개치고 문
장을 휘젓고 다녀 그냥 두었다가는 문장부호 다 망가지겠
어 이 문장 들춰보고 저 문장 기웃거리면서 마침표 찍고 한
문장으로 끝나겠다고 으름장 놓고 있어 부정하면 느낌표
움켜쥐고 미친 듯이 울부짖고 있지 문장이 타들어가는 지
어미나 달래보는 어간도 폐지로 변해가는 모습을 안타깝
게 바라보고 있을 뿐야 그러니까 처음부터 철저히 탈고했
어야만 했어 오탈자 대수롭게 생각했다가 좋은 자식 망치
게 생겼어 생각하다 못해 떼어낸 받침 다시 붙여주면 온순
해질까 규칙동사의 맥락으로 다시 돌아올까 하고 포기했
었단다 오탈자 남발하고 있는 습관 수정하기로 결심한 지
아비는 지어미와 어간을 대동, 불규칙 동사를 찾았다 자아
도취에 빠져 휴간처럼 잠들어 있었다 가족들은 표준어에
준해서 동사의 습관을 탈고하고 있다 휴면에서 깨어난 후
88

에는 아마 작문법도 필요 없을 듯싶다

흑백 초상화

고요로이 침몰하고 있는 강정마을 포구에
우르르 쿵쾅 발파 소리 울려 퍼진 적 있다
해변 마을에 하르방 같은 쓰레기무덤
그 앞에 비문인 양 빈 액자 하나 놓여 있다
빛의 살 내음을 조문하고 있는 것일까
썩은 살점이라도 재생하고자 유리는
쓰레기 피부에 핏빛을 이식하고 있다
비명 소리를 현상하고 있는 흑백의 포구
관료에게 유린당한 액자의 상처로 남았다
빛을 끌어당겨 환부를 채색하고 있는
유리의 탈색은 오래전부터 진행된 듯
포구를 창백한 혈색으로 반사하고 있다
핏기 없는 유리의 표정을 투시하면서
추선의 곡읍이 내내 고온다습했던
여름날의 소야곡이었다는 걸 눈치챘던가
불통을 타전하듯 소리쳐 보지만
잠수함의 발진음 속으로 추락하는 아우성!
다시는 예전의 고즈넉한 추옥의 풍경마저
색상할 수 없다는 사실을 인식하려는 듯
아우성마저 투영하는 유리의 추상

해군기지 건설 시위에 앞장섰던 몇이
추선의 울음 속으로 추풍낙엽처럼 사라졌다
상처 난 풍경마저 시위 앞에 덧나고 나니
음영이 더욱 깊은 추억의 그림자
유리는, 그가 액자 속에 반사되자
갈가리 표정을 찢어 빈 액자에
우르르 쿵쾅 애도의 추상화로 모자이크한다
적막의 피 한 방울 흘리지 않던
그래픽처럼 현상된 액자의 초상화가
흑백 풍경 시절의 조문객을 맞이하고 있다

문화유산의 인체부호

오장육부의 인체기관역으로 향하듯
잠실역으로 잠입하는 지하철 내 포스터
인체로 문장부호를 만들고 있는 한 여인
한 구절 문장성분으로 귀속하려다
? 아름다운 유산에 대한 문장부호라고 했던가
절제된 기호의 미학으로 다가섰다
그녀는 몇 번이나 유산계급을 유산한 끝에
무산계급 ? 부호의 함수를 잉태했을까
세상사 ! 이 부호가 더 편리하지 않겠는가
이미 직립보행의 부호로 읽혀지고 있고
문화의 기호미학으로는 너무 단조로워
대중의 시선을 예각으로 집중하려 했단다
? 둥근 공간은 유산을 잉태할 태낭
부호의 태교를 게을리했던 까닭인지라
화가여생의 만연된 지하철 내 범절 상실
여인은 이미 출산의 체위를 토대로
? 모체로 서 있는 것이 가능했던 것이다
다음 정차역이 남한산성이라는 예절애도
무산계급들 무관한 듯 ? 문장부호로 졸고 있다
찬란한 문화유산이 어디 남한산성뿐이겠는가

이 시대 그보다 더 위대한 문화유산은
노약자보호석에서 ? 문장부호로 졸고 있는
젊은 취객의 잠꼬대 해몽하는 일이
초고속 시대 화류춘몽하는 일이 아니겠는가
훈민정음의 기호미학을 입맛 다시며
자음과 모음이란 무산계급들 토막잠을 싣고 있다
무산계급이 위대한 유산이라는 것도 잊은 채
전동차는 지하 깊숙이 잠입하고 있다

낙관의 온기

근대사를 탐독하다가 약손가락 마디가
잘려 나간 안중근 의사 낙관과 악수를 나누었다
섬뜩한 울분과 용맹이 손금을 타고 전해진다
혈죽이 핀 지 1세기, 무관심 속에
혈색을 잃어가고 있어 수혈이 시급했다
손가락 마디를 잘라 낙관에 응급수혈했다
마디를 뜨겁게 이식받은 낙관에 온기가 돈다
노령 카리에서 단지동맹을 결성하며
태극기에 '대한독립'이란 혈서를 써내려갔다
굳은 악수를 나눈 뒤 함께 독립운동에 나섰다
러시아 크라스키노 전투에서 나는
작전참모가 되어 국내진공작전에 기여했다
비명 소리를 짓밟아온 일본군 사살 60여 명
작전은 성공했지만 의병전술을 수행하면서
현대전술에 익숙해 있는 나로서는 난관을 겪었다
나는, 현대전술토의를 제의했고 다음 전투에
현대전술을 적용하면 대승할 것이라고 호언장담했다
동지들은 동의했고 승리를 위해 훈련에 몰입했다
두 번째 영산전투에서 현대전술을 펼쳐나갔다
병력 배치, 화력 계획, 장애물 계획, 결과는 대패였다

구사일생으로 본진인 연추로 귀환한 나에게
현대전술은 정보노출이 화려하다고 했다
독립운동은 바람처럼 적진 깊숙이 침투하여
근거리에서 추풍낙엽처럼 결정지어야 한다고 했다
도탄의 괴로움을 달래고 있던 안응칠 동지는
1909년 10월, 마침내 낙엽의 함성 소리를 들었다
때가 왔다며 척살을 품고 하얼빈을 향했다
총성 한 발이 강산의 메아리로 역두에 울려 퍼지고
조선의 평화를 유린한 간웅 이토 히로부미는 즉사했다
'오늘 나는 복원된 동지의 낙관을 살펴보다가
생명선이 굵고 짧게 끊겨 있다는 사실을 알았소
동지가 피워 올린 혈죽은 대대손손 수혈하겠소'
간밤의 된서리에도 낙관은 온기를 수혈하며
위국헌신 군인본분을 유묵으로 찍어내고 있다

별자리 무덤

구름 몇 점 컴퓨터 문자인 양 떠 있고
하늘은 프로그램을 실행 중인 모니터처럼 파랗다
반쯤 기울어진 채 흘러가는 낮달
저기 어딘가에 떠 있을 내 별자리를 클릭해 본다
만물지령의 생로병사 비밀이
저, 하늘 프로그램에 저장되어 있다고 했던가
새로운 버전의 생로병사 비밀을 다운받아
낡은 파일로 운용되고 있는 인체에 저장하고 싶다
북두칠성 자리에 주민등록번호를 입력하고
천체의 버튼을 누른 뒤 천명을 기다린다
커서의 모래시계는 하늘바라기로 멈춰 서 있다
고수준 언어 프로그램 실행 방법이 바뀐 탓일까
우주 공간을 인식하며 더디게 흘러가는 낮달
운명론을 예견하며 명령어를 기다리는 동안
그들을 향해 한없이 반짝이던 별자리 무덤을 생각한다
별자리가 도굴 당했거나 해킹당하지 않았다면
어두움이 이리 빨리 찾아오진 않았으리라
행여 주검의 바이러스에 감염되어
입력한 데이터를 인식하지 못하는 것은 아닌지
그렇다면 하늘이시여!

비밀로 저장된 새 생명의 백신을 다운받지 않으렵니다
모니터에 피어나던 검버섯의 별자리를 인식
성좌의 도면에 천구좌표 항성의 일원으로 반짝였습니다
해킹 당한 별자리를 인지하고자
빛을 풀어내는 달무리의 나이테를 휘저으며
저 너른 은하강 뱃놀이도 즐겨 보았습니다
프로그래밍 언어로 감염된 치매 기호들을 복구하고자
하늘 모니터를 붉게 물들인 석양빛 애니메이션
그 기억장치에 아름다운 소풍으로 저장하고 있으므로
하늘이시여!
실행 중인 천체의 응용프로그램에 반짝이는 별자리로
천명의 날이 출력되기만을 기다리고 있겠습니다

씨감자의 논평

누군가 다음 세대를 경전착정하기 위해
어둔 구렁 속에 모놀로그로 갇힐 때
분명 씨감자라는 소리 여러 번 들었단다
씨감자라는 신분 하나만으로
다음 세상에서 조명으로 피워 올릴
취산화서의 자줏빛 개화를 기다려왔다
씨를 맺기 위한 구근의 근성으로
암흑의 근맥을 더듬고 있는 동안
생쥐에게 제 살점 뜨기는 순간까지도
씨감자라는 신념 결코 잃지 않았단다
그렇게 뿌리의 일부가 잘려나갔어도
구근의 조기 분가라며 뿌리를 위로해왔단다
빛을 훔치며 계절이 다 지나가도록
파종하지 못한 채 버려진 씨감자
혈통 보존을 위한 명목으로 뿌리 뻗어
피부가 짓무르도록 허공에 논평하고 있다
자줏빛 감자꽃을 아련하게 기억하고 있을
잔뿌리의 원고청탁이 안타까워
태양빛을 봉분처럼 탈고해 주었단다
이윽고 조등 같은 감자꽃이 점등되리라

그 불빛 아래 집안의 내력을 경전착정하며
족보를 더듬고 있는 노숙의 저 손끝!
한세월 쌓아올린 낮과 밤의 이랑에서 그가
장손이라는 신분과 혈통을 논평하고 있다
한갓되이 씨감자란 신념만 서술하지만
분명 자줏빛깔 줄거리가 있는 논파였다

물방울 대화

톡톡 튀는 영혼의 소리를 물방울 언어로 담수한
저 호수를 향해 종종 자투리 시간을 던졌지요
호수의 마음 열리고 수심 깊게 대화를 나누었어요
누설할 수 없는 이야기들이 빙점의 눈금에 멈추자
애독자들, 물빛 언어로 감명 깊게 대화를 자습하네요
이따금씩 반사되어 튀어 오르는 고독한 언어들
수심 깊은 소리를 따라 물방울 페이지를 넘기면
호수는 거울 문장 몇 구절을 큰소리로 읽어주곤 합니다
애독자들이 버리고 간 애증의 수장품들.
이미 물빛 언어에 취해 있는 빈 소주병은
처음처럼 겨울 동화를 봄의 언어로 속풀이했지요
자투리로 호수의 수심을 풀어가던 사람들 여럿
빙점에 머물고 있는 겨울 이야기를 복습하고
봄 이야기를 예습하며 눈사람처럼 앉아 있어도
호수는 아직 영혼의 소리를 발설한 적이 없지요
겨울바람은 어제보다 더 따뜻한 소리로
콕콕 쪼며 차다찬 빙설의 봄을 유혹하고 있네요
호숫가로 밀려난 오리 떼처럼, 추풍낙엽들
무리지어 겨울 이야기를 산문으로 부화하는 동안
푸르른 새순이 돋아나 철새들의 부리가 되겠지요

그러면 물의 나라, 봄의 언어를 산란하며
새로운 항법으로 철새들 곧 착륙을 시도하겠군요
그때 호수는 영혼을 풀어 물빛 언어로 속삭일 거예요
호수의 물방울 대화는 애독자의 눈물이니까요

제4부

나무의 자서전

건기를 잘 견뎌낸 나무의 울창한 기억 속에
모순의 껍질 모질게 벗겨 핏줄 세우며
영역을 넓혀가는 발아 과정을 저장하고 있어요
건기가 닥쳐와 체온마저 증발된 그늘에서
처음 빛을 채화하려 떡잎 흔들던 손사래
우듬지를 뻗어 하늘을 인쇄하고자
성글게 새겨 넣은 동그라미 속에 군락과
혼돈을 극복한 잎과 뿌리의 사유가 양각되고 있어요
기류를 타고 사유의 깊이로 층층이 방화한
성난 화마의 헛바닥을 자극하며 웃고 있는 바람
나침반을 돌려 기상도를 우기로 전환했지만
성난 불꽃의 입술이 너무 뜨거웠어요
붉은 이빨로 광활한 양지를 폭식하고 있네요
기형의 그늘에서 벗어나 빛을 채화하던
나이테로 타들어 가던 그 기억의 문양들
우주를 향하는 모습 가벼워 보여요
모순을 극복한 위용이 있어 저리 가벼운 것일까요
소실점이 될 때까지도 저들은 물관을 휘어 감고
산 너머 남촌 이야기를 양각하고 있었지요
신산한 나무의 산고를 보신 적 있나요

화마의 영안실에서 주검을 출산하고 있어요
여근처럼 갈라진 뿌리, 성스러운 그 병실
골격이 수축되면서 양수를 쏟아내고 있어요
화통 속에서도 검붉은 양수를 우듬지로 찍어
비바람을 견디며 등고선을 양각하던 때까지
하늘 칠판에 자서전으로 서술하고 있어요
탱탱하게 영근 열매의 집, 양지에서
씨앗들 타버린 풍경을 자연분만하고 있어요
곧 출산 과정이 새롭게 음각되어 가는 현상과
경이로운 목차로 생생하게 인쇄된 나무의 자서전
파릇파릇한 목소리로 읽어볼 수 있을 거예요

봄비의 학습

대체로 봄비의 학습은 보슬보슬에서 시작된다
그 이론을 전개하면 방울방울 맺혀
눈물은 위대한 희극의 대본으로 연출되고
목마른 오후를 향해 양떼구름 몰려온다
계관의 우두머리 구름 뿔난 듯
푸른 하늘 벌판을 사정없이 뜯어먹자
어린 양떼들 검은 털빛을 세워 난입한다
학습을 위해 판서했던 파란 이론들
구름 지우개로 까맣게 지워지고 있는 봄날
붉은 햇무리가 마지막 시간표로
하늘 칠판을 우울하게 읽어내고 있다
포만감에 젖은 양떼들 물러가고
들소 떼가 점령한 하늘, 이론도 깊어가자
봄비가 대본을 따라 대지의 항구가 된다
몇 모금 남은 하늘 벌판이 후르륵 먹힌다
먹이사슬의 섭리가 번개에 노출되고
그 비명 소리 지상으로 희극처럼 쏟아진다
학습장을 넘기며 낙서하던 생명체들
곧, 이들의 이론이 그림책으로 출판될 예정이다
대지의 항구에선 마른 풀잎들의

마지막 야외 실습이 장엄하게 진행 중인데
그들은 건기를 살아온 이야기를 편집하고 있다
봄비, 날 울려주는 봄비!
학습장마다 봄의 교향악이 울려 퍼지고 있다

바람나라 꽃잔치

— 국호를 세우다

꽃가마 타고 구름 선녀 호위 속에
바람나라의 황제가 행차에 나선다는군요
꽃 대궐 어귀로 마중 나가야겠어요
지상의 모든 수액 창고 문이 개방되고
황제를 위해 곡수연을 준비하고 있어요
바람나라 근위대들도 수비를 개방했군요
지위별로 관청 옷 입고 몸단장한 궁빈들
바람의 현을 따라 낙화유수로 휘날려요
궁중 가락에 도포 자락 휘날리는
정이품송의 율동이 가장 현란해요
아무래도 그렇지 않겠어요
가지 많은 나무 가락 잘 날 없었으니
관목의 포졸들도 한가락 바치는군요
이 풍진 무대에서 풍류하기까지
바람나라에 바친 노래는 늘 후렴이었지요
이왕이면 향악으로 잔치를 베풀어 주세요
배종 행렬에 참가한 백성들
잔치를 즐기려는 신명나는 평민들이예요
풍요로운 봄날의 곡절을 마음껏 들려주세요
한때는 바람나라 관풍이 이것뿐인가 하여

관능미가 고사된 마른 가지에 앉았어요

잎새의 희망을 푸르게 흔드는 일

산책로를 수비하다 부러진 새의 깃에

파란 비상의 꿈을 부화시켜주는 일보다는

바람나라의 향연을 즐기고 싶어요

꽃잔치가 끝나고 나면 어떡할거냐구요?

걱정 마세요, 곡수연이 끝나면

바람나라에 귀화 계절의 근위대가 되고 싶어요

그런데, 황제님은 언제 오시나요

지금, 구중궁궐로 행차한 내가 황제라구요?

여봐라! 연호를 꽃이라 하고

국호를 풍風이라 선포할지어다

석굴암에서

석굴암이 전생의 부모를 위해 창건되었다면
불가마는 현세의 안녕을 기반으로 축조되었지요
가마의 건축 기법은 전방후원식으로
궁륭천장의 원형주실이 좌불하듯 근엄하군요
주실 한가운데 맷방석이 연화좌대로 깔려 있고
붉은 황토 흙이 연화무늬의 문양을 벽화로 새긴 듯
유유자적 현세의 석굴암을 대변하고 있네요
부처가 되겠다고 자비스럽게 찾아오는 중생들.
기슭의 정기를 모아 3대가 설법을 공부하고 있군요
맷방석 중앙에 본존불로 앉아 있는 할아버지
할머니는 이미 전세의 혼령으로 모셔졌다는군요
부처가 거느렸던 보살상, 제자상의 권속들처럼
아버지, 어머니, 손자 손녀가 앉아 있네요
맷방석 위에 좌상하고 있던 손자가 불문을 묻자
염불하듯 할아버지의 설법이 시작되었어요
옛사람들은 이엉과 용마루를 틀어 초가를 얹었고
새끼를 꼬아 만든 맷방석을 장판처럼 깔았다지요
구두와 운동화 대신 나막신과 짚신을 신고 다녔던
본존불의 설법이 영 신통치 않은지 아이들
이엉과 용마루, 초가와 짚신이 뭐냐고 재차 물어왔어요

제자상 같은 아버지가 설법을 이어가자
할아버지는 본존불의 미소로 두광을 끄덕이셨지요
아버지의 설법도 어려웠는지 질문이 계속되었어요
곤혹스러워 하던 제자상 다음번에는 민속촌에 가서
체험현장식 설법을 듣겠다며 석굴암을 빠져나왔어요
활활 타오르던 불가마에서 갓 구워 낸 삼겹살과 함께
현대식 밥상이 푸짐하게 한 상 차려 있었지요
설법 없이도 탄성이 저절로 터져 나오던 불가마가에선
본존불의 설법이 숯으로 식어가고 있었지요

태초의 습성

견고하고 슬픈 정글의 화석으로 남아
관람객을 맞이하고 있는 나비들
저들은 비행을 접은 것이 아니라
잠시 날개를 내려놓고 비상을 준비하고 있다
나비는 천적의 눈물에서
부족한 염분을 보충하고 있다는 것을 아는가
화석의 영혼들 표본실이 밀림의 어디쯤
날아오를 기회를 조용히 엿보고 있다
심장에 꽂혀 있는 핀을 뽑아주자
훨훨 내 눈물 속으로 밀어 넣는 더듬이
태초의 습성으로 이국의 갈증을 해소한다
눈 깜박할 한순간을 훔치며
위험한 곡예로 표본실을 이륙한다
아주 먼데 몇 해를 더듬고 가야
다시 영혼의 그림자 만날 수 있을까
화석의 여정이 눈물겹다는 것을 안다면
채집을 위해 날개를 뒤쫓진 않았을 것이다
생명선 따라 곡예하는 눈물의 야윈 몸짓
아슬아슬한 나비의 곡예를 따라가자
삶과 주검의 포물선이 몇 번이나 중복된다

빠른 춤사위로 천적을 현혹하며

틈틈이 주검을 보충하는 향긋한 꽃가루

몇몇 관람객이 포물선을 올려다보고 있다

기상도

계절을 실족한 빛과 구름의 기싸움인 양
창과 방패를 가릴 수없는 공방이 치열했다
결국, 온랭전선의 충돌은 불가피했단다
북풍의 언어를 남발하던 부정과
남풍의 언어를 구사하는 모정 사이에서
중심기압골의 아이는 기상개황을 알리며
조석으로 피, 눈물을 예보했고 예고는 적중했다
뿌리와 잎의 공생관계를 증언하고자
바람 맞은 햇살 공유의 이랑에 파릇파릇하다
엄동을 광맥처럼 채굴을 끝낸 대파가
샛노란 설한의 저항 언어로 말문을 열고
새로운 시각의 공생관계를 예찬하고 있다
한동안 뿌리와 잎의 빗나간 기압경로로
공생전선에 난기류가 가파르게 흐르고
일조량이 턱없어 멜라토닌의 균형이 기울었다
이랑을 객토하며 파뿌리가 되자던 언약을
사내의 가슴골에 모종해온 뿌리의 일생
발목 절름거리는 지게의 균형을 붙잡고
한랭전선으로 기어오르던 근심의 산맥
성근 바소쿠리의 무게로 늘 비가 내렸다

잘 익은 씨앗처럼 우수수 떨어지던 유언
별들의 고향 텃밭에서 뜨겁게 발아
그녀 앞에 빛의 분수로 쏟아졌다
고사되어가던 사내의 겨울 맹세 앞에서
뿌리의 안부를 묻자 봄의 언어로 화답한다
고기압으로 흐르는 지상과 지하의 득음 소리
봄날의 해맑은 기상도를 그려내고 있다

번안본 선녀전傳

계류 문자를 발간하고 있는 가파른 골짜기
전설을 석문하며 물의 언어가 지절댄다
풍문이 만차한 협궤수차를 타고
산정도감에 수록된 종착역을 향하고 있다
곡수와 곡수가 합류하는 정거장에는
선녀탕, 비선폭포, 옥녀탕의 역사가
오래된 풍설의 승차를 기다리고 있다
감춰둔 선녀의 옷을 찾을 수 있을까
선의를 입는다면 승천이 가볍겠지만
천상의 언어를 득의한다는 것이
나무꾼으로써는 어디 쉬운 일인가
협곡 위를 달리던 구름 열차에서
또 한 무리 천상 언어가 주르륵 하차한다
선녀는 실오라기로 승차했을까
천상의 언어를 학습하고 있는 나목들
나무꾼 이야기를 물방울 언어로
목본을 통해 설화로 서술하고 있다
비선폭포에 이르러 전설의 언어는
방울방울 수적의 알갱이로 비선하며
선녀를 향한 반향의 소리로 울려 퍼지는가

애달프다 굽이치며 달리는 살수 열차

지류의 언어를 합본 옥녀탕에 당도하자

애타게 찾던 선녀가 그곳에 있지 않은가

옥구슬로 선녀전을 편술하고 있었다

완본의 선녀전을 정독하고 나면

감춰둔 날개옷의 이정표를 찾을 수 있을까

물방울 언어로 전설을 제본 중인 옥녀탕

물의 언어를 청량하게 득도한 자만이

귀로 구전하는 선녀전을 읽을 수 있겠다

보석창고 문을 활짝 열다

흑백의 기억 속에 빗장처럼 걸려 있는
과거시제로 가득한 보석창고의 문을 열었다
여기저기에 장식된 보옥의 언어들
이제서야 숨통 터뜨리며 번쩍거린다
갇혀 있던 무상무념의 언성으로
세상 밖을 향해 변론 나서는 과거시제들
받침 잃은 언어들이 켜켜이 쌓여 있다
하얗게 뒤덮여 있던 과거분사를 털어내자
반짝반짝 미래진행형으로 전개된다
보물창고는 왜 굳게 잠겨 있었던 것일까
아마, 미래시제에 대한 불완전한
선어말어미 탓이었는지도 모른다
받침마저 잃었던 기억상실의 언어들이
획을 찾아서 환하게 페이지를 넘긴다
광채의 순도 99.9였던 사랑이란 어휘가
명성 그대로 황금빛으로 반짝거리고 있다
그로 인해 닫혀 있던 기억 속 보석창고는
제 빛을 오롯이 간직하고 있었는지도 모른다
보석이라는 옛 명성을 되찾기 위해
부식된 발음기호들을 가공하기 시작했다

연대가 맞지 않는 품사와 부호들을 수정하자
조금씩 빛을 발산하는 과거시제들
활짝 열린 보석창고로 미래지향의 시제들이
속속 귀착하는 풍경의 구절을 얻는다면
황금빛 어록 한 권쯤 엮을 수 있겠다

바람의 사설辭設

마분지 같은 대지 위 인쇄를 시작한
초록 문자들 우적의 획을 긋더니
어느새 울창한 문예연감으로 제본되었다
하늘빛이 세서로 화각한 초록 문자들
판면을 확보한 양지마다 문격을 구성하여
다양한 절미로 원고를 기고하고 있다
저마다의 장르를 필주 분석하는 바람의 말
어디선가 익숙한 풍성으로 들려온다
목판활자에 펼쳐진 풍광을 따라
원본이 보존된 화려한 푸른 문맥들
일부 탈자된 문자들은 바람에 굴절된다
낭창낭창 초금소리가 풍건되고
고사된 초엽은 아예 필삭되기도 한다
목판본으로 부호를 연실 찍어내는
싱그러운 문체의 우듬지는 하늘빛이지만
풍화되어 삭제된 뿌리는 얕고 흐렸다
풍고풍하한 풍력의 사설 문구에 따라
풍향계는 문장 배치를 위해 돌고 또 돈다
운문이나 산문의 활엽과 침엽 문체들
지상의 엽록소부터 성조나 구와 절까지

지하를 탐색하는 뿌리까지 쇄풍해야만
천지만엽한 신비로운 이치를 사설할 수 있다
경관의 섭리를 집필하는 천지신명의 천칙
다 서경한다는 것은 쉽지 않은 일이다
태풍이 수중 원고를 정리하고 있기에
원고 마감이 언제 끝날지는 장담할 수 없다
이 시각 산천초목을 순풍으로 집필하고 있어
우주 공간을 향해하는 영롱한 천체들
천문항법으로 전설의 오작교를 건너가고 있다

여정

비등점과 결빙점을 넘나드는 동안
흘러가야 한다는 속내 잊지 않고
역동적인 물살로 상시 출렁거렸단다
시간의 부재를 잊고 빙점을 거쳐
비등점을 지나 낮게 낮게 흘러가고 있다
유수지에 머물러 있으면 타성에 젖어
시원의 습성을 상실하게 된단다
주야장천 흘러가는 일에 애착하다 보면
사심으로 흐르는 몸의 체언에
샛강의 낮은 애소를 지나칠 때가 있다
흐른다는 것과 머문다는 사이에서
애심의 유속을 적정 수위로 유입해야 하리라
흘러가는 매 순간순간 한 물결
유습 관계를 유지하던 기억의 습지
잔잔하게 수평선 유역을 표시할 때는
상실된 몸의 소리로 거센 물살 풀어놓아라
지상의 물음에 화답하는 제스처로
물길의 가닥을 잡아 흘러가야 하기 때문이다
마냥 머물러 있고 싶을 때가 있어
방향과 소리를 잃고 소용돌이치다 보면

바람 소리마저 몸맨두리에 아주 간결하게
마침표만 찍고 여우 바람으로 사라지곤 한다
누군가가 거친 여정에 대해 물어오면
시원의 이동경로가 탐색의 본능으로
맑고 낮은 곳을 가르치고 있기 때문이다
저 멀리 수문을 활짝 열어 놓고
세상사에 오염된 유속을 정화할 강과 바다
두 함수가 만나야 할 합수 지점을 찾아
운명의 공식을 풀며 흘러가고 있다

언어의 집

비가 오려는지 팔다리가 쑤신다
침맥하듯 욱신거리기는 몸의 골격
혈맥을 따라 침술로 초집한다
예전엔 몸으로 대화하며
어원을 기록하던 문장성분들 있었지
갈수록 집필의 골각이 깊어지고
고전으로 자주 읽혀지는 몸의 문장
어록의 중추에서 고체시로 분류되어
구와 절이 찢겨진 채 읽혀지고
어투도 방언에 허성으로 발음되곤 했지
서안에는 대하 문학으로 꽂혀 있지만
한때 신간 코너의 베스트로
기억의 책꽂이를 독차지한 적 있었지
서표의 하드 모델처럼 책치레가 빛났던
줄거리만으로도 심금을 울리며
유창하게 밤을 지새우기를 여러 번
아이돌과 비보이의 연체 언어보다도
더한 예술적 시재가 수록되어 있었지
지금은 바람에 스치는 풀잎 문장처럼
빗소리에 문체마저 촉촉이 젖어드는

헌책방 고서의 목록으로 유별되어
전문가 손에 몇 페이지 진찰되고 있지
또, 팔다리 한쪽이 찢겨져 나간
밑줄 그어진 곳이 많은 붉은 혈관
페이지만큼은 순서대로 기억하고 있다
수위 조절을 잃은 소나기 소리에
뼈마디 목청껏 낭송되는 몸의 언어
땅이 치솟으면 산천초목도 따라 읽고
대지가 꺼지면 그들도 따라 한숨을 내쉬듯
몸도 늑골 사이로 스며드는 빗소리에
땅이 꺼지도록 소리 내어 세상을 읽었지

광야의 가락을 찾아

애각의 습벽에서 운무를 절찬하다

문득 멸종된 울음소리에 날개를 달고

소생의 복원로를 찾아 비상한다

산천은 늘 적막공산이거늘

음정 박자가 무슨 상관있으랴

자연의 설법을 편곡하여

개사의 산맥을 고음으로 넘고

절창의 계류를 저음으로 건너간다

광야에 이르러 야생의 소리를 흡수

동족의 소리로 흉내 내며

훼손된 복모음 한 구절 평원에 방사한다

세상사를 흥얼거렸던 콧노래는

늘 애곡의 가락이었다

자연의 소리가 삶에 주제였다는 것

멸종된 소리를 모방본능으로

적막공산에 괴설을 남발해 본 사람은 안다

조석곡처럼 휘파람새의 가락을 읊조리며

혼효림의 혼성으로 풀어놓는다

고요의 습성을 되찾아도 멸종된 종다리는

다시 돌아올 수 없는 허공을 가로질러

하늘 벌판으로 쪽배 타고 귀소했다

모방했던 희로애락의 곡절이

광활한 평원에 귀향의 멜로디로 울려 퍼졌다

여름날을 유영하며 떠내려간

푸르른 보리밭과 밀밭의 이랑

멸종된 영혼의 화석이 지지배배 지저귄다

덩달아 운무의 산울림 속으로

고즈넉한 나래를 펼쳐보지만

휘파람새의 곡조가 추임새로 들려올 뿐

멸종된 꿈을 해몽하려 승천했던 울음소리는

애각의 숲에 종달새의 메아리로 돌아오지 않았다

시묘살이

시살이하면서 명시 몇 편 초고 잡으려고
문풍의 묘위토에 시의 씨를 파종한 뒤
시학 혁명을 위해 묘경의 시가를 지었어요
성근 비바람도, 별빛도 조문 다녀가곤 해요
이 시태 위대한 문학의 거상 앞에
감히 문상을 초탈한 상주를 자처하지 않았겠어요
간혹, 백로 떼 상복 차림으로 곡읍 보태고
이웃의 짐승들 찾아와 상주로 호곡했지요
그 시문을 축문으로 낭송하는 밤이면
검은 리본을 달고 원초적 곡성만으로
시일의 문학장을 발인한다는 것
초인이 아니고선 필부지용이라 생각했지요
시심 없는 졸작 시로 외문 당하면서
척토의 문학 마당에서조차 평판 절하가
사무치도록 발간적복하다는 고심 끝에
감히 시제를 올리며 시묘살이에 입식했어요
시묘의 풍광이 경이로워야 시문 또한
묘경하다는 이치를 시묘 후에 깨달았지요
이 시대 텃밭 같은 문예지를 통해
변변한 단가살림의 시살이로 옥고를 끝낸

우후죽순 같은 시초들을 과잉 재배

오늘날 시의 거상 시대를 맞이하게 되었지요

그 슬픔, 초상의 시어들로 애도하느니

시상을 동화할 묘목을 시산맥에 파종

새로운 품종을 발견할 때까지

시묘살이를 천직으로 문학장에 바치려합니다

다양한 장르를 상석에 차려 놓고

일찍 소풍을 끝낸 천상병의 '귀천'을 숭배하면서

한 포기 시초가 거상의 봉분 위에

시학 혁명으로 활짝 개화하는 그날까지

문인석처럼 시묘살이를 시작할까 합니다

춘화도

그림물감 같은 물거품이 번지고 있군요
지상과 지하의 시각 변동을 감촉하는
대지의 피부세포가 까칠하도록
흑백 표구로 전시되고 있는 생태 미술관
색선의 표고는 바람의 고도를 낮추며
고색창연한 미술품 색감을 도식하는데
탈색된 계절은 시간의 벽걸이에 걸려 교교합니다
밀폐된 시간의 벽을 데생하며
바람의 고도가 색선과 일치할 때
윤색된 대지의 촉감세포가 깨어나겠지요
봄날의 잔상을 그려낼 수채물감조차 없는
하늘빛 아래 삭막한 구름밭 사이로
개화를 기다리는 꽃눈은 벌써 춘몽에 듭니다
잠시 기운 춘기의 각을 세우고저
바람도 꽃눈에 색선의 눈금을 맞추고 있어요
춘설의 물굽이가 화조풍월로 피어나는
지각변동을 예고하고 있는 섬려한 숲속
전시관의 주제곡을 모창하고 있는 새소리에
미술관의 여백에 벽화들이 전시되기 시작했어요
메마른 화폭을 가로질러 철새들 날고

화백의 섬세한 손놀림처럼 잔설의 물길은

화풍을 대지의 피부 위에 문신하고 있어요

시간의 벽걸이로 내걸린 계절의 화보에

색감을 쏟아내는 햇살, 화색이 돌아옵니다

전원의 기슭 곧은 나무 등걸에 마련한

애벌레 집에는 풀벌레 소리 문풍지로 웁니다

향훈을 접목하며 호접몽으로 마무리하는 춘화도

봄바람의 색선을 화제로 써내려온 구름

대지의 각질 위에 봄의 낙관을 찍을 듯합니다

계간의 형식

임진년, 통권 제2012호 계간지였을 거예요
문예사조를 기술하던 자연주의 옥고가
산문으로 흩어지며 문맥을 묻고 있네요
폐간되는 임진년 첫 페이지를 넘겨봅니다
봄호, 권두 에세이에서 꽃에 대한 기문벽서로
달콤하게 간행물을 넘나들던 벌과 나비는
폐허의 이치를 음양상박으로 변증하며
마지막 원고를 섭취하고 있었네요
새로운 장르가 줄기마다 발표될 때
서정소곡으로 리드믹컬하게 지저귀던 산새들
창간호에서 분석하지 못한 지능적인 산란 회유와
탁란의 번식 본능을 특집으로 연재했었지요
소리글자마저 발신자 없는 주파수로
타국의 착신자를 찾아 송출되고 있네요
변증하지 못하고 조락한 추상명사들도
찢겨진 채 노란 언어로 푸념을 털어내고 있군요
그들의 곤고한 역정의 길을 가을호에서
자연주의 이론으로 정립했던 편집위원들,
잘 여문 태양이 적도를 지나는 추분점에서
변화무상함이 극치에 달한다고 기고했더군요

추분점에서 더욱 멀어지는 몸의 언어들
페이지가 부분부분 소실된 하얀 백지 위에
저들은 폐간되는 겨울호를 추모하고자
구, 절 없는 토막언어 몇 마디를 편집했었지요
햇살마저 사색하는 계절의 형식에 따라
겨울호에서 음과 양의 조화를 재조명해 본다면
복간할 수 있다고 편집후기에 썼더군요
계사년, 통권 제2013호를 기대합니다

오승근의 시세계

사물의 문법, 시의 문법

오홍진

사물의 문법, 시의 문법

오홍진
(문학평론가)

1. 사물의 문법

사물에도 문법이 있다고 오승근은 생각한다. 물론 그것은 시인詩人 오승근으로서의 생각이다. 시인의 눈으로 사물을 바라보는 게 일반인의 그것과 같을 리는 없다. 시인은 일상의 너머에서 빛나는 사물의 핵심을 보려고 한다. 보려고 해도 보기 힘든 것이 사물의 핵심이라면, 시인은 무엇보다 그러한 일상적 의미의 너머를 사유함으로써 비로소 시인이 된다. 오승근은 사물의 문법을 통해 일상 너머의 세계로 다가간다. 문법文法이란 말을 먼저 살펴보자. 문법은 직역하면 글의 법이라는 뜻이다. 물 수水 변에 갈 거去 자가 합쳐진 말이니, 물이 (아래로) 흐른다는 의미일 것이다. 물이 흐르는 게 법의 의미라면, 법이라는 말에는 자연이라는 말이 내포되어 있다고 볼 수 있다. 곧 우리가 일상적으로 생각하는 인위적인 법의 개념을 사물의 문법이라는 말과 연결해서는 안 된다는 말이다. 그렇다면 시인은 과연 이 문법이라는 말을 어떻게 사용하고 있는가? 「비의 문법」이라는 시를 읽으면서 이 문제에 접근해 보도록 하자.

> 무명초의 색다른 자료들을 서술할 때
> 비가 휘갈기듯 대지 위에 판서하고 있어요
> 계절의 빈 노트에 문맥이 구성되고
> 목판활자의 차례를 교정하듯
> 파본된 대지를 촉촉하게 적시는 빗소리
> 넋을 위로하고자 몸부림치는 역동성과
> 초로록 화응하는 반사적인 소리도 감지되고 있구요
> 가지마다 방울방울 꽃으로 피어나
> 옥류수로 발표되고 있는 야외 강당
> 나른한 강의실 청강생의 잠꼬대처럼
> 계절학기에 몸살을 앓고 있는 생명체들
> 문장의 부록에 귀속되는 멋스러움으로
> 질량에 맞는 문법들을 받아쓰고 있네요
> 맞춤법이 어긋나도 문맥은 통하여
> 혼란한 바람의 문법과는 달리
> 세세히 언어의 꽃을 피워내며

투명한 이론을 검증하고 있는 비의 문법

자유분방했던 계절의 한때를 분노하며

다량의 공세적 질문을 퍼붓고 있는 빗소리

선열들의 서슬픈 목소리로 되돌아와

선잠에 빠져 있는 관리들을 깨우고 있어요

오역된 자유무역협정의 문구를 수정하여

선언서 낭독하듯 소리치는 비의 곡조

무명초처럼 저 홀로 피었다 시든

역사의 붉은 꽃잎들 자자손손 뿌리내린 곳에서

함구한 채 묻혀 버린 언어를 발굴하네요

야위어 간 일대기를 들려주고 있는 비의 절규에 따라

계절학기의 빈 노트를 펼쳐 놓고

뒤늦게 수강신청을 서두르는 비목

바람은 언어의 꽃이라도 새록새록 피워줄까요

　　　　　　　　　　　　　　　—「비의 문법」 전문

　문법이라는 말의 시적 의미는 살펴봤는데, 사물의 의미는 정작 이야기하지 않은 듯싶다. 정확히 말하면 시인이 생각하는 사물의 의미가 무엇인지 생각할 필요가 있다. '비의 문법'이라는 제목에 나타나듯, 시인은 일상의 어법과는 다른 차원에서 사물을 바라보고 있다. 요컨대 비라는 사물 자체보다는 '비의 문법'이 이 시를 해석하는 단서가 된다는 말이다. 비는 어떤 문법을 취하고 있을까? 문법이 자연과 다르지 않은 말이라는 점을 상기한다면, 비의 문법은 무엇보다 대지를 촉촉이 적시는 자연현상으로부터 비롯된다. 비는 하늘에서 내리고, 땅은 그 비를 아낌없이 받아들인다. 그것이 비가 살아가는 가장 자연스런 방식이다. 그런데 이러한 사물-자연으로서의 '비'가 오승근의 시에서는 언어-관념으로서의 '비'로 급격하게 전환된다. 사물의 문법은 그러니까 비라는 언어-관념의 문법이다. 사물을 언어로 표현하는 것이 시의 본령이니까, 시인의 이러한 작업은 어떻게 보면 당연한 일인지도 모른다. 하지만 그의 시에 표현되는 언어의 세계는 사물의 세계에 굳건하게 뿌리를 박고 있다. 돌려 말하면 그는 사물의 바깥으로 한없이 나아가려고 하지만, 그것은 항상 사물의 현상을 서술하는 과정 속에서 자연스럽게 이루어진다. 사물의 바깥으로 향하는 원심력과 사물의 안-현상으로 모이려는 구심력이 팽팽하게 맞물림으로써 오승근의 독특한 시세계가 펼쳐지고 있는 것이다.

위 시에 나타나듯 비는 "파본된 대지를 촉촉하게 적시"고 있다. 비에 촉촉이 젖은 대지는 수많은 무명초를 피워낸다. 파본된 대지는 그러므로 비를 통해 새롭게 일구어진 대지를 의미한다. 비가 생명을 잉태하는 원형이라는 점을 굳이 강조하지 않더라도, 시인은 생명의 원형으로 비를 인식함으로써 '비의 문법'이라는 새로운 세계로 들어가고 있다. 시인은 바람의 문법과 비의 문법을 구분하고 있다. "맞춤법이 어긋나도 문맥은 통하여/ 혼란한 바람의 문법과는 달리/ 세세히 언어의 꽃을 피워내"는 비의 문법은 "투명한 이론을 검증하고 있"다고 시인은 주장한다. 맞춤법이라는 말에 담겨 있는

140

문법의 의미는 생명을 꽃피우는 어머니로서의 비의 의미(자연)와 긴밀하게 맞물려 있다. 비는 "계절학기에 몸살을 앓고 있는 생명체들"을 위해 "질량에 맞는 문법들을 받아쓰고" 있다. 질량, 다시 말해 맞춤법에 어긋나면 몸살을 앓는 생명체들은 죽을 수밖에 없다. 비의 문법은 그러므로 질량의 문법과 다르지 않다. 몸살을 앓는 생명체들을 새로운 생명의 터전으로 이끌어주는 게 비의 임무라면, 그 임무는 정확히 비의 문법을 지키는 일로 수렴된다. 곧 비에게 문법은 '알맞게' 비를 내려주는 것이다. 적당하게 비가 내려서 대지가 촉촉이 젖으면 맞춤법이 어긋난 바람이 개입해도 생명체는 살아남을 수 있다. 비가 문법의 정석이라면, 그래서 생명체를 살리는 가장 중요한 요소라면, 바람은 그 정석의 안과 밖을 넘나들며 생명체의 성장에 개입한다.

  이렇듯 오승근의 시세계는 사물과 언어의 경계를 넘나들며 시나브로 정립된다. 그는 사물의 깊숙한 자연으로 들어갔다가 그것을 언어의 관념으로 치밀하게 시화하는 과정을 시작詩作의 모태로 삼고 있다. 「은행잎의 착지법」에도 드러나는 바, 시인은 언어를 통해 사물을 관념화하기 이전에 사물의 현상을 꼼꼼하게 관찰한다. 은행잎이 떨어지는 과정을 묘사하고 있는 이 시는 "생의 우듬지"에서 떨어져 나온 은행잎이 "낙화휘필의 풍치림 같은 문장"으로 착지하는 과정을 세밀하게 표현하고 있다. 언뜻 이 시는 한자어가 과도하게 사용됨으로써 관념적으로 비쳐질 수 있는데, 실제로 읽어보면 관념을 뛰어넘는 구체성의 힘이 시 전반에 살아 흐르고 있다. 이를테면 시인은 은행잎의 착지 현상을 "강울음에 사납게 출렁거"리는 지평선의 모습과 교묘하게 연결시키고 있다. 은행잎이 땅으로 떨어지는 이유가 있다면, 당연히 지평선이 사납게 출렁이는 이유가 있다. 세밀하게 파고들면 두 현상의 이유는 다르겠지만, 실제 그 두 현상은 자연 속에서 일어나는 파동이라는 공통적인 특성을 지니고 있다. 이질적인 듯싶은 현상에서 자연현상의 공통점을 찾아내는 시인의 시작詩作은 이 지점에서 시의 문법으로 거듭난다. 사물의 문법이 사물의 현상에 기반하여 이루어진다면, 시의 문법은 사물의 현상'들'을 끊임없이 연계시키는 언어의 수사학에 근거하여 이루어진다. 오승근의 시에 관념어가 넘쳐나면서도, 그것이 구체적인 정황을 표현하는 시어로 표현되는 이유는 여기에 있다. 「비의 문법」이 비의 현상이라는 구체적인 정황과 맞물려 있듯, 「은행잎의 착지법」은 잎이 떨어지는 자연현상에 굳건한 뿌리를 내리고 있다. 구체적인 현상을 통해 관념으로 비약했다가 다시 구체적인 현상으로 되돌아오는 과정이 그의 시에서는 반복적으로 펼쳐지고 있거니와, 오승근 특유의 시의 문법은 현상-관념-현상의 순환구조를 바탕으로 정립되고 있는 셈이다.

2. 시의 문법

오승근의 시는 시적 상황이 하나의 비유로써 구현되고 있다. 그는 구체적인 상황을 설정한 후, 그것을 또 다른 관념의 세계와 '폭력적으로' 연결시키는 시작 방법을 반복적으로 사용한다. 표제작인 「집현전 세탁소」가 대표적인 시라고 볼 수 있는데, 시인은 집현전과 세탁소라는 이종異種의 대상을 접목시켜 '집현전 세탁소'라는 새로운 의미의 시적 공간을 창출하고 있다. 요컨대 집현전 세탁소는 집현전도 세탁소도 아니지만, 그렇다고 집현전과 세탁소의 의미를 완전히 배제 하고 있는 것도 아니다. 집현전이 한글(훈민정음)을 만든 기관 이라는 점을 상기한다면, 집현전 세탁소가 "언어 세탁"과 관 련된 곳이라는 점을 분명하게 파악할 수 있다. 즉 집현전 세 탁소는 "비바람보다는 세상살이가 궂은 날에/ 눅눅한 감정 으로 쌓이는 자음과 모음"을 세탁하는 곳이다. "비에 젖은 언어"는 "갈등의 언어"이다. 세상살이에서 벌어지는 온갖 갈 등의 언어들이 비에 젖은 채 세탁되고 건조될 날을 기다리 고 있다. 세탁소의 언어는 그러므로 수많은 갈등의 언어들 로 둘러싸여 있다. 갈등의 언어가 없다면 세탁소 자체가 존 재하지 않을 것이기 때문이다. 갈등에 휩싸인 사람들 사이 로 "격렬하게 오갔던 언어가 속주머니까지/ 귀양살이하듯 각방을 차지하고 있어/ 궤설을 수동으로 탁본 재구성해야 한답니다"라는 시적 화자의 진술 속에 집현전 세탁소를 바 라보는 시인의 관점이 뚜렷하게 나타나고 있다고 하겠다.

중요한 것은 이러한 집현전 세탁소의 시적 정황이 시인의 시법詩法을 구성하는 토대로 작용하고 있다는 점이다. 시인 은 비에 젖은 갈등의 언어를 세탁함으로써 저마다의 사물에 내재되어 있는 "새로운 문법"을 발견하려고 한다. 「새로운 문법을 터득하다」를 참고한다면, 그것은 "문법을 터득한 산새들"이 "새로운 문장으로 지저귀"는 소리를 지향한다. 소리라고 했지만 사물의 문법을 따르고 있다는 점에서 산새들의 소리는 시의 언어와 다르지 않다. 그렇다면 시인은 산새들의 소리로 시를 쓴 것일까? 그 일이 가능하지 않다는 것을 굳이 이야기할 필요는 없겠지만, 그럼에도 시인은 산새들의 소리가 그대로 시가 되는 이상理想을 마음속에서 떨쳐내지 못하고 있다. "꽃이 피는 건 활착의 작문법을 완성했기 때문이다"라는 시구에 표현되는 대로, 그는 자연현상을 언어로 표현하는 작업을 꾸준히 진행하고 있다. 문법을 터득한 산새들의 언어는, 시인의 말대로라면 갈등의 언어가 될 수 없다. 은행잎 하나 떨어지는 현상에는, 혹은 꽃이 피고 지는 현상에는 말로써 빚어지는 갈등의 상황이 애초부터 배제되어 있다. 자연自然은 스스로 그러하게 움직이고 있을 뿐이기 때문이다. 오승근이 이야기하는 새로운 문법, 돌려 말해 새로운 시법은 이렇게 자연의 움직임을 언어적 맥락으로 환치하는 과정 속에서 생성된다. 따라서 그러한 작업은 사물의 기원으로 거슬러 올라가려는 시인의 열망과 더불어 진행될 수밖에 없다.

> 푸르른 힘으로 지상의 율동을 펼쳐내던
> 맑고 나지막한 소리가 빠져나가자
> 노련한 춤사위가 가벼워진 육신을 다스린다
> 삶의 연대기 따라 어긋난 배경들

천명을 따라 지경풍을 즐기는 춤사위에

이별의 서곡을 합창하는 겨레붙이들

저 가벼운 이별은 호상인가 호곡인가

차마 홀가분한 바람을 타기까지

청신경을 자극하던 소리의 파장은

몇 마루의 생을 넘어 몇 옥타브까지 올라갔을까

얼마나 가벼웠으면 소리의 기원을 앞서갔을까

성대결절에 장단을 멈춘 적은 없는지

마찰음은 어떤 주파수로 천양지간을 교신했을지 모르지만

그래, 그렇다면 훨훨 날아라

무희처럼 살아야 했던 무대를 떠나

하늘 높이 비상하여 새의 어미가 되거라

천상의 경이로움만을 노래하는

영혼의 악극사로 남아 제2막의 무대를 열어가라

무간나락의 세상을 훨훨 날아 어미새가 되어

파장 없는 낮은 영혼의 주파수로 떠돌다가

우주의 율동을 지배하는 불후의 주제곡을 공유하거라

바람을 앞서가는 저 가벼운 몸짓처럼

—「소리의 기원」 전문

  소리는 생명의 기원이다. 지상에서 푸르른 힘으로 저마다의 생명을 펼쳐낸 존재들은 이제 "노련한 춤사위"로 가벼워진 육신을 다스린다. 꽃이 피고 떨어지는 현상은 생명이 있는 존재라면 벗어날 수 없는 '자연'이라고 말할 수 있다. 지경풍(至輕風, 실바람)을 즐기며 떨어지는 저 꽃잎들은 이제 홀 가분한 마음으로 제가 가야 할 곳으로 돌아간다. 모든 것을 내려놓은 상태이므로 몸은 한없이 가벼울 수밖에 없다. 아니, 몸이라고 할 만한 게 없는지도 모른다. "얼마나 가벼웠으면 소리의 기원을 앞서갔을까"라고 시인은 밝히고 있지 않은가. 몸을 내려놓은 대가로 가벼움을 얻은 이 존재를 바라보며 시인은 하늘 높이 비상하는 어미새의 형상을 떠올린다. 육신이 가벼워진 어미새는 "무희처럼 살아야 했던 무대를 떠나" 천상의 경이로움을 노래한다. 인간의 언어로는 도저히 노래할 수 없는 어미새의 소리는 그대로 우주의 율동을 표현한다. 자음과 모음으로 구성되는 세계가 아니라, 자음과 모음을 애초부터 부정하는 언어-소리를 오승근은 지향하고 있는 셈이다.

하지만 인간의 언어로 소리의 기원을 표현하는 건 자기의 몸을 내려놓는 것만큼이나 지난한 일이라는 점을 시인은 그 누구보다 잘 알고 있다. 현실에서는 가능하지 않다는 것을 뻔히 알면서도, 시인은 수많은 언어들로 펼쳐진 문장의 숲을 헤집고 다니며 어미새의 소리를 시적으로 상상한다. 시인은 현상을 '보고', 그것을 소리로 기억(표현)한다. 「상형의 소리를 편찬하다」를 참조한다면, 시인은 상형의 소리를 끊임없이 시의 세계로 불러낸다. 상형의 소리는 크게 보면 이미지를 말하는 것이겠지만, 현상(시각)이 소리(청각)로 각인된다는 점에서 그것은 일반적인 이미지의 개념을 뛰어넘는다. "침엽의 닿소리와 활엽의 홀소리가 겹쳐" 펼쳐지는 맞춤법의 세계는 "바람 소리로 읽혀지는 상형문자들"의 세계로 이어지고, 그것은 다시 자연의 신성한 소리와 만나 "습작에 긴요한 상형문자의 청음"을 만들어낸다. 「상형의 소리를 편찬하다」에 나타나는 소리의 이미지 흐름은 이처럼 자연의 현상에서 신성한 소리를 체득하는 존재의 삶으로부터 뻗어 나온다. "천언만어를 발성하는 새소리"는 누구나 들을 수 있는 소리가 아니다. '신성함'이라는 말이 의미하는 바, 그것은 새소리를 '새소리'로 들을 수 있는 귀를 가진 존재에게만 분명하게 들린다. 오승근의 시작이, 단순한 시 쓰기에 그치지 않고 생生에 대한 깨달음으로 확장되는 지점은 바로 이곳에서 찾을 수 있을 것이다.

하얀
뭉게구름
팬션

넓고
파란
하늘정원

늘
가보고 싶었던

그곳

나 오늘

O번지로

이사 가네

—「O번지 ; 귀천歸天」전문

　이번 시집의 시적 경향과는 다소 이질적인(시어의 사용
면에서 그렇다는 것이다) 위 시는 오승근의 맞춤법-시법이
지향하는 자리를 분명히 보여주고 있다. '귀천歸天'이라는 부
제에 내포되어 있는 대로, 시인은 삶 너머의 세계를 꿈꾸고
있다. 그것을 죽음의 세계라고 쉽게 말할 수 없는 게, 시인
은 죽음의 세계를 천상병의 「귀천」과 동일한 맥락에서 파악
하고 있기 때문이다. 위에서 살펴본 시들에서도 알 수 있듯,
삶 너머의 세계는 어미새의 신성한 소리로 넘쳐난다. 하얀
뭉게구름이 하늘을 흐르고, 넓고 푸른 정원이 그곳에는 있
다. 어미새가 있을 것이고, 때가 되면 떨어지는 은행잎 또한
거기에 있을 것이다. "깊은 산속 옹달샘"(「물의 문맥」)의 언어
로 피어나는 O번지의 세계는 지금 우리가 발 딛고 사는 이
곳이 그만큼 '귀천'의 세계와는 이질적인 공간이라는 점을
환기한다. 자연의 현상을 언어적 상상으로 구축하는 오승근
의 시가 일상의 공간에 여전히 뿌리를 내리고 있는 이유는
여기에 있다. 그는 사물의 뒷면을 읽으려고 하지만, 그 일에

매몰되지는 않는다. 사물의 뒷면이 의미를 얻으려면 사물의 앞면 또한 의미를 얻어야 한다고 그는 생각한다. 돌려 말하면, 귀천의 세계가 의미를 얻으려면 삶-일상의 세계 역시 의미를 얻어야 한다. 오승근의 시에서 그러한 작업은 어떻게 실현되고 있을까? 시의 문법이 사물의 문법을 넘어 사회적 문맥으로 돌아오는 지점을 이제야 살펴볼 계제가 된 셈이다.

3. 시와 사회의 맞춤법

「언어의 시술법」에서 시인은 슈퍼 박테리아가 점령한 문학 병원 응급실의 상황을 시화하고 있다. '언어의 시술법'이라는 말이 암시하는 것처럼, 응급실의 유일한 시술법은 언어이다. 서정이라는 개념으로부터 벗어나지 못한 현대시에 "내구성이 강한/ 새로운 감수성"을 부여하기 위해 벌이는 임상실험은 사실 수년 전 '미래파'라는 이름으로 실현되기도 했다. 하지만 미래파의 실험은 서정의 군건함 속에서 이내 사그라졌고, 이제 한국시단은 미래파의 실험을 먼 세계의 추억 정도로 치부하고 있다. 미래파의 실험을 긍정하는 것이 아니다. 진정한 실험 정신이 시나브로 시들고 있는 한국시단의 현실을 한 번쯤 생각해볼 필요가 있다는 것을 이야기하고 싶을 뿐이다. 시인은 새로운 감수성이 "몇 번의 혹평"으로 돌아오는 과정을 씁쓸하게 고백하고 있다. "불의 언어보다 더 차가워야 뜨겁고/ 물의 언어보다 더 뜨거워야만 차갑다는" 역설의 문학 정신을 지향한 시인의 시작법이 서정의 대세를 뛰어넘지 못한 이유는 무엇일까? 시인은 "언어의 줄기세포를 시술한 문체"를 말하고 있다. 병든 몸을 치유하는 줄기세포는 사물의 문법에서 비롯된 시의 문법, 다시말해 맞춤법과 동일한 맥락에 놓여 있다. 언어의 줄기세포는 집현전 세탁소에서 세척된 새로운 언어들을 우리가 살고있는 이 세계로 유포한다. 치유된 언어-줄기세포가 분열하여 또 다른 치유의 언어들을 낳는다. 그렇다면 시인은 이러한 언어의 시술법을 통해 무엇을 말하려고 하는 것일까? 미래파와 같은 형식의 전위적 실험을 하려는 것일까? 전위와제도가 구분되지 않는 자본주의사회에서 이러한 실험은 과연 효과가 있을까? 「도시 광산」이라는 시를 먼저 보자.

희로애락을 다량으로 매장하고 있는
현생대의 행복층을 찾아 나선 광부들
갱도에는 지층의 시대성을 가리키는 벽화들이
삶의 채굴 현상을 도식하고 있다
지하철을 타고 막장 깊숙이 파고든다
갱 내부의 심층이 가까울수록
부귀영화의 성분 함량이 풍부하다
행복 지수를 다양하게 매장하고 있어
매장량 확보를 위해 갱도로 스며들기도 한다
능력과 행운에 따라 원석을 채취하여
반짝반짝 가공하는 이가 있는가 하면
응어리로 쌓인 퇴적층을 만나기도 한다

우회하거나 발파를 시도하지만

삶의 회로 구성이 미흡하여 불발할 때가 많다

광산에 매장되어 있는 희로애락이

석등처럼 반짝거릴 때 광부들은

꿈을 채취하던 막장을 핼쑥하게 빠져나온다

더러 갱도가 무너져 내려도

행복 추구를 향한 발굴까지 멈출 수는 없다

허둥지둥 빠져나온 채벽 같은 갱도

금화나 은화가 박혀 있는 광석처럼

피부색과 옷차림과 명품 도구들로

행복 자원을 채굴하던 갱도의 깊이를 보라

부귀영화의 가공을 가늠하는 도시 광산

만차의 지하철이 기적을 울린다

갱도 속에서 광맥처럼 빛나는 눈동자들

광부들은 다이아몬드를 찾아낼 수 있을까

언제 부귀영화를 가득 실은 트레일러를 타고

어긋난 현생대의 지층을 빠져나올 수 있을까

ㅡ「도시 광산」 전문

사실 위 시에는 새로운 감수성이라고 할 만한 게 없다. 광
산 노동자의 비참한 삶을 아이러니의 감각으로 묘사하고 있
는 이 시는, 구체적 현상을 언어적 상상력으로 재구再構하는
시인의 시법과는 분명 거리가 있다. '사역'이라는 말의 동음
이의적 특성을 살린 「사역동사」의 경우와는 달리, 위 시는

"행복 추구를 향한 발굴"을 멈출 수 없는 노동자들의 비참한 삶에 오롯이 초점이 맞추어져 있다. 새로운 감수성의 언어로 새로운 시를 쓰고 싶다는 시인의 의지가 퇴색된 것일까? 물론 그렇다고 섣불리 대답할 수는 없다. 시법으로만 한정할 수 없는 삶의 비애가 이 작품의 이면에는 짙게 깔려 있기 때문이다. 그러므로 문제는 시가 사회와 만나는 지점을 세밀하게 탐구하는 데로 집중된다. 시의 상황을 사회의 현실과 곧바로 동일시할 수는 없지만, 그렇다고 시와 사회의 관계를 외면한 채 시를 해석할 수도 없다. 시와 정치의 문제가 문학계를 뜨겁게 달구기도 했거니와, 전위적인 시인들의 실험 역시 이러한 정치(미학)의 차원을 제거한다면 제대로 의미화되기 힘들다. 요컨대 위에 인용한 시처럼 시인의 현실인식이 뚜렷하게 나타나든, 아니면 그러한 현실인식이 언어적 상상력의 그늘–이미지로 뒤덮여 표현되든, 거기에는 항상 미학–정치의 차원이 게재되어 있다는 사실을 알아야 한다.

이런 점에서 「도시 광산」은 시인이 자신의 시법을 정치와 연계시키는 대표적인 사례의 작품으로 제시될 수 있다. 돌려 말하면 시인의 시 실험은 "부귀영화를 가득 실은 트레일러를 타고/ 어긋난 현생대의 지층을 빠져나"오는 정치의 실험을 이면에 깔고 전개된다. 이러한 정치의 문법은 「비의 문법」에서는 "오역된 자유무역협정의 문구를 수정하여/ 선언서 낭독하듯 소리치는 비의 곡조"로 표현되고 있으며, 「사역동사」에서는 "너무 오래 읽혀져 이젠 어린 품사들조차/ 소리 내어 읽으려고 하지 않는 아버지"의 형상으로 나타나고 있다. 문법은 그것을 사용하는 존재-사물의 품격(「문법의 반려자」)을 형성한다. 아버지라는 말이 사역의 의미로 한정되어 권위를 상실할 때, 아버지라는 존재 또한 그 품격을 상실할 수밖에 없다. 돈 버는 기계로 전락한 아버지의 삶(사역)을 '사역동사'의 언어적 상상력으로 풀어낸 「사역동사」는 시와 정치의 접점이 어떻게 형성될 수 있는가를 보여주는 하나의 예시로써 간주될 수 있는 셈이다.

시는 정치의 미학과 어울려 기존의 시나 정치에서는 제대로 표현하지 못하는 미적 공간을 구축한다. 수사학적으로 그것은 '알레고리'라는 말로 표현될 수 있지만, 오승근의 시는 이러한 알레고리와는 다른 맥락에서 정치를 시에 수용하고 있다. 그는 시를 통해 정치로 나아가는 단순한 시 쓰기를 거부한다. 시는 정치를 환기할 따름이다. 시의 상황이 있고, 정치의 상황이 있다. 시인은 시의 공간 속에 그 두 가지 상황을 동시적으로 배치한다. 정확히 말하면 오승근의 이번 시집 전체가 사실은 수없이 다양한 상황들이 이접離接된 형태로 존재하고 있다. 일종의 이접은유, 달리 말하면 환/은유의 수사학이 시집 전체를 수놓고 있는 것이다. 기존의 은유가 동일성에 집착하고 있다면, 그래서 언어를 사용하는 인간의 이성 능력에 철저히 종속되어 있다면, 이접은유(강희안은 이를 '서술은유'로 명명한다)는 이성의 바깥에서 펼쳐지는 상상의 세계를 그대로 시의 공간에 배치하는 특성을 지니고 있다. 「느낌의 기술」을 참조한다면, 이접은유는 "느낌표가 물음표가 될 때까지/ 읽고 또 읽어야 하는 문장의 기술"과 다르지 않다. 느낌표가 물음표가 될 때까지 읽어야 되는 시는, 쉽게 말하면 고정된 의미를 거부하는 시라고 할 수 있다. 기존의 시를 뛰어넘는 시를 실험하겠다는 시인이 고정된 의미에 집착할 리는 없지 않겠는가? 요컨대 이번 시집에 실린 60여 편의 시는 이접은유의 수사학을 통해 하나로 연결되고 있다. 하나로 연결된 시들은 그러나 하나의 의미로 고정되지 않고 의미의 바깥으로 한없이 뻗어 나간다.

건기를 잘 견뎌낸 나무의 울창한 기억 속에
모순의 껍질 모질게 벗겨 핏줄 세우며
영역을 넓혀가는 발아 과정을 저장하고 있어요
건기가 닥쳐와 체온마저 증발된 그늘에서
처음 빛을 채화하려 떡잎 흔들던 손사래
우듬지를 뻗어 하늘을 인쇄하고자
성글게 새겨 넣은 동그라미 속에 군락과
혼돈을 극복한 잎과 뿌리의 사유가 양각되고 있어요
기류를 타고 사유의 깊이로 층층이 방화한
성난 화마의 혓바닥을 자극하며 웃고 있는 바람
나침반을 돌려 기상도를 우기로 전환했지만
성난 불꽃의 입술이 너무 뜨거웠어요
붉은 이빨로 광활한 양지를 폭식하고 있네요
기형의 그늘에서 벗어나 빛을 채화하던
나이테로 타들어 가던 그 기억의 문양들
우주를 향하는 모습 가벼워 보여요

모순을 극복한 위용이 있어 저리 가벼운 것일까요

소실점이 될 때까지도 저들은 물관을 휘어 감고

산 너머 남촌 이야기를 양각하고 있었지요

신산한 나무의 산고를 보신 적 있나요

화마의 영안실에서 주검을 출산하고 있어요

여근처럼 갈라진 뿌리, 성스러운 그 병실

골격이 수축되면서 양수를 쏟아내고 있어요

화통 속에서도 검붉은 양수를 우듬지로 찍어

비바람을 견디며 등고선을 양각하던 때까지

하늘 칠판에 자서전으로 서술하고 있어요

탱탱하게 영근 열매의 집, 양지에서

씨앗들 타버린 풍경을 자연분만하고 있어요

곧 출산 과정이 새롭게 음각되어 가는 현상과

경이로운 목차로 생생하게 인쇄된 나무의 자서전

파릇파릇한 목소리로 읽어볼 수 있을 거예요

　　　　　　　　　　　　　　　—「나무의 자서전」 전문

　오승근의 시학이 잘 드러난 작품 중의 하나인 위 시에서
시인은 삶과 죽음의 경계를 넘나드는 나무의 생生에 주목하
고 있다. 건기가 닥쳐와 체온마저 증발된 상태인데도 나무
는 우듬지를 뻗어 하늘을 인쇄하고 있다. 나무는 어떤 상황
에서도 하늘(태양)을 거부하지 않는다. 마르면 마르는 대로
나무는 그 상황을 견딘다. 달리 할 수 있는 방법이 없지 않
느냐고 말할 수도 있다. 하지만 그런 생각은 나무의 표면만

보는 것일 뿐이다. 수분이 증발되어 몸이 타들어가는 상황에서도 나무는 새로운 생명을 얻기 위한 산고産苦를 스스로 이겨낸다. 시인은 나무의 이러한 상황을 "화마의 영안실에서 주검을 출산"하는 과정으로 묘사한다. 제 몸 하나 감당하기 어려운 나무가 어떻게 새로운 생명을 출산할 수 있을까? 시인은 "나무의 울창한 기억"을 이야기한다. 건기든, 우기든 나무는 몸에 내재된 기억을 통해 자신에게 주어진 삶을 살아간다. 나무의 이 같은 삶을 자연이라고 말할 수 있다면, 그 삶은 곧바로 맞춤법에 맞는 시를 쓰려는 오승근의 시법과 근원적으로 닮아 있다. 건기든, 우기든 시인은 몸속에 내재된 원초적 기억을 따라 자신에게 주어진 삶을 펼쳐낸다. 소실점이 되는 순간까지 나무는 나무로서의 삶을 포기하지 않는다. 그렇다면, 소실점이 되는 순간까지 시인은 시인으로서의 삶을 포기하지 않을 것이다.

「나무의 자서전」은 그러므로 시인의 자서전과 다를 바 없다. 시인은 자신의 몸속에 오래전부터 간직되어 왔던 기억을 새로운 언어로 표현한다. 「물방울 대화」를 본다면, 시인의 기억은 "톡톡 튀는 영혼의 소리를 물방울의 언어로 담수한/ 저 호수"의 기억과 상당히 밀착되어 있다. 물방울의 언어는 비의 문법을 체득한 존재만이 들을 수 있고, 해석할 수 있는 언어이다. 그렇다고 물방울의 언어를 특별한 사람들만이 즐길 수 있는 언어로 생각하면 곤란하다. 시인은 물방울의 언어를 사계절의 언어로 번역하고 있기 때문이다. 겨울의 언어는 봄을 기약한다. 봄의 언어는 여름을, 여름의 언어는 가을을 기약한다. 그리고 다시 가을의 언어는 겨울을 기약하는 순환구조가 계속해서 반복된다. 물방울의 언어는 그러니까 사계절의 시간과 더불어 저마다의 몸속에 각인된 생명의 언어와 다르지 않다. "뼈마디 목청껏 낭송되는 몸의 언어"(「언어의 집」)는 바로 이러한 물방울의 언어를 에둘러 표현하고 있다. 나무에게는 나무의 자서전이 있다. 사물의 문법이다. 시에게는 당연히 시의 자서전이 있을 것이다. 시의 문법이다. 시인의 자서전은 어떤 모습일까? 시의 수사학과 시의 정치학을 넘나들며 새로운 실험에 몰두하는 게 시인의 자서전이라고 할 수 있을까? 오승근은 지금도 "파본된 대지" 위에 자신의 자서전을 하나하나 기록하고 있다. 아직 그의 자서전은 끝나지 않았다는 말이다.▨

| 오승근 |

충남 공주 출생
2009년 『유심』 신인작품상 당선으로 등단
시집으로 『세한도』 등이 있다

이메일: hoks2002@hanmail.net

집현전 세탁소 ⓒ 오승근 2013

초판 인쇄 · 2013년 5월 10일
초판 발행 · 2013년 5월 15일

지은이 · 오승근
펴낸이 · 이선희
펴낸곳 · 한국문연

서울 서대문구 북가좌동 324-1 동화빌라 202호
출판등록 1988년 3월 3일 제3-188호
대표전화 302-2717 | 팩스 · 6442-6053
디지털 현대시 www.koreapoem.co.kr
이메일 koreapoem@hanmail.net

ISBN 978-89-6104-119-5 03810

값 8,000원